Carlsen Klartext **Extremismus**

© Gerrit-Freya Klebe

Anja Reumschüssel, geboren 1983, arbeitet als Autorin und Reporterin in Hamburg und weltweit. Sie hat Publizistik, Soziologie und Theologie studiert und u.a. an der renommierten Henri-Nannen-Journalistenschule in Hamburg gelernt. Als freie Journalistin schreibt und produziert sie Videos, unter anderem für den STERN, GEO Wissen, ze.tt und Spiegel Online. Sie hat in Israel, Ägypten, den USA, Australien, Peru und Nigeria gelebt und ist dort auch Menschen mit extremen Ansichten begegnet – vom weltabgewandten Hippie bis zum Hamas-Kämpfer.

Anja Reumschüssel

Extremismus

CARLSEN KLARTEXT

Weitere Bände der Reihe Carlsen Klartext:
Fake News
Populismus

*Anmerkung: Zur Vereinfachung und besseren Lesbarkeit wird im Folgenden auf gendergerechte Sprache verzichtet. Wenn von Politikern, Lesern, Wählern usw. die Rede ist, sind selbstverständlich Politiker*innen, Leser*innen, Wähler*innen gemeint.*

MIX
Papier aus verantwortungsvollen Quellen
FSC® C083411
www.fsc.org

Originalausgabe
Veröffentlicht im Carlsen Verlag
März 2018

Faktencheck: Kathrin Lilienthal, Recherchehaus
Umschlagabbildungen: shutterstock.com: © zuper_electracat / © Afanasia / © Astarina
Umschlaggestaltung: formlabor
Corporate Design Taschenbuch: bell étage
Layout und Herstellung: Frederik Rettberg
Gesetzt aus der Chaparral Pro von Dörlemann Satz, Lemförde
ISBN 978-3-551-31734-6

Inhalt

Einleitung

Ist das Leben in Deutschland so perfekt, dass wir nichts mehr daran ändern müssen? Oder gibt es in unserer Gesellschaft so viele Probleme, dass wir im Gegenteil radikale Veränderungen brauchen? Die Meinungen der meisten Deutschen werden sich zwischen diesen beiden extremen Aussagen sammeln. Aber nicht die aller Deutschen.

Deutschland ist eines der reichsten Länder der Welt. Die Menschen hier sind heute so glücklich wie selten zuvor, im Durchschnitt kann jeder Deutsche rund 20000 Euro im Jahr für sich selbst ausgeben, vor Krieg, Hunger und Seuchen muss sich bei uns niemand fürchten. Während in vielen Ländern – von Afghanistan bis zur Zentralafrikanischen Republik – unzählige Kinder nur wenige Jahre, viele Mädchen überhaupt nicht lernen dürfen, gehen Jungen und Mädchen in Deutschland mindestens neun Jahre lang zur Schule. Anders als in den USA gibt es in Deutschland zahlreiche Möglichkeiten der Unterstützung durch den Staat, zum Beispiel einen Zuschuss zur Miete, wenn jemand nur sehr wenig verdient. Und anders als in mancher chinesischen Großstadt können Bewohner deutscher Großstädte den Himmel sehen und ohne Atemschutz Luft holen.

Eigentlich geht es uns in Deutschland also richtig gut.
Oder?

Wenn man genauer hinschaut, gibt es aber auch im reichen Deutschland ernste gesellschaftliche Probleme: Mehr als zwei Millionen Mädchen und Jungen leben in Armut und können sich einen Besuch im Kino oder das Brötchen am Schulkiosk nicht leisten. Hunderttausende Menschen finden keine Wohnung, die sie von ihrem Einkommen bezahlen können. Jeder sechste Rentner ist arm, obwohl er sein Leben lang Rentenbeiträge gezahlt hat. Giftige Autoabgase verpesten die Luft in Großstädten. Unser Wirtschaftssystem ist auf ständiges Wachstum und auf Profit ausgerichtet, auch wenn man dafür Menschen ausbeutet, Tiere quält und die Umwelt zerstört. Unzählige Menschen fühlen sich einsam und isoliert, kennen nicht einmal ihre direkten Nachbarn. Und dann müssen wir uns noch mit einer komplizierten Bürokratie herumärgern, die zwar Korruption erschwert und Gleichbehandlung aller Bürger sicherstellen soll, aber dafür fast jeden Lebensbereich bis ins Detail reguliert, von der Staatsangehörigkeit von Pferden bis zur Temperatur in Bürotoiletten.

Es gibt also auch in Deutschland noch einiges zu tun. Um das Leben im Land zu verbessern, kann man in die Politik gehen und sich für Wahlen aufstellen lassen, Unterschriften für einzelne Anliegen sammeln und an Demonstrationen teilnehmen, sich ehrenamtlich engagieren oder für die einsame Rentnerin nebenan einkaufen gehen. Kurz: Man kann sich innerhalb der politischen und gesellschaftlichen Regeln in unserem Land für Veränderung einsetzen.

Es gibt aber auch Menschen, die das Land umformen wollen, ohne sich an diese Regeln zu halten. Sie wollen, dass sich Deutschland radikal verändert, und verfolgen das Ziel, die bestehende Gesellschaft an ihre persönlichen Vorstellungen einer perfekten Gesellschaft anzupassen. Sie wollen die Demokratie abschaffen, die Gewaltenteilung aushebeln und die Grundrechte einschränken. Sie kämpfen für eine völlig andere Gesellschaftsordnung, als sie zur Zeit in Deutschland besteht – oft mit Gewalt. Politiker, Gesellschaftswissenschaftler und auch Laien sprechen von Extremisten.

Um Extremismus geht es in diesem Buch. Es wird erklären: Was ist Extremismus eigentlich? Wer ist ein Extremist? Woran erkennt man extremistische Einstellungen? Wie geht man gegen Extremismus vor? Und was hat das alles mit jedem einzelnen Menschen in Deutschland zu tun?

Um zu verstehen, was Extremismus so gefährlich macht, müssen zunächst ein paar Dinge geklärt werden, die vielleicht langweilig klingen. Das sind sie aber nicht. Von ihnen hängt nämlich nicht weniger ab als das Leben, wie wir es in Deutschland kennen.

KAPITEL EINS

Die Grundlagen

Die freiheitlich-demokratische Grundordnung und der demokratische Verfassungsstaat

Das Wort Demokratie kommt aus dem Griechischen, von *demos* – Volk und *kratos* – Gewalt/Herrschaft/Macht, und beschreibt schon genau, was es bedeutet: Eine Staatsform, bei der das Volk herrscht.[1] Eine Demokratie im Sinne des Wortes würde also bedeuten, dass jede Bürgerin und jeder Bürger bei jeder politischen Entscheidung mitbestimmen darf. Dann müssten aber alle Wahlberechtigten fast jeden Tag zur Urne gehen und ihre Stimme abgeben. Das ist natürlich viel zu aufwendig. Außerdem hat niemand all das Wissen, das man braucht, um gute politische Entscheidungen in so unterschiedlichen Bereichen wie Verteidigungs-, Familien- oder Wirtschaftspolitik zu treffen. Deswegen wählen alle Bürger einer Demokratie regelmäßig Stellvertreter, die sie im Parlament repräsentieren (repräsentative Demokratie). Diese Stellvertreter haben die Aufgabe, anstelle der Wähler politische Entscheidungen zu treffen. Dabei sind sie nur ihrem Gewissen verpflichtet und nicht direkt den Wählern gegenüber verantwortlich (freies Mandat). Abgeordnete sollten im besten Fall in der Lage sein, sich in die unterschiedlichen Themen einzuarbeiten beziehungsweise sich Fachleute oder Informationen zu besorgen, um auf dieser Grundlage verantwortungsbewusste und vorausschauende politische Entscheidungen treffen zu können.

Da natürlich auch Diktatoren behaupten können, ihr Land sei eine Demokratie, ist meist von »freiheitlich-demokratischer Grundordnung« oder einem demokratischen Verfassungsstaat die Rede, wenn eine Demokratie wie in Deutschland und anderen europäischen Ländern gemeint ist. Dazu gehören bestimmte Grundwerte, die nicht verändert werden dürfen:

- Jeder Mensch ist vor dem Gesetz gleich.
- Die Gesetzgebung hält sich an die Menschenrechte, vor allem an das Recht auf Leben und freie Entfaltung.
- Die Regierung und die öffentliche Verwaltung müssen sich an die geltenden Gesetze halten.[2]
- Alle volljährigen Bürger dürfen ihre Regierung regelmäßig, frei, gleich, unmittelbar und geheim wählen, sie dürfen also selbst bestimmen, wer sie regiert (Volkssouveränität).
- Bei allen Wahlen müssen die Bürger die Möglichkeit haben, sich zwischen mehreren Parteien mit unterschiedlichen Schwerpunkten zu entscheiden (Mehrparteienprinzip).
- Die Partei oder die Parteien, die zusammen die Mehrheit der Stimmen gewonnen haben, dürfen nur für eine bestimmte Zeit an der Regierung bleiben, danach wird neu gewählt.

- Die Parteien, die nicht an der Regierung sind, ziehen trotzdem mit ins Parlament ein und sitzen dann in der Opposition. In Deutschland gilt das aber nur für jene Parteien, die mindestens fünf Prozent der Wählerstimmen erhalten haben (Fünf-Prozent-Hürde).
- Es herrscht Gewaltenteilung. Das bedeutet, dass die Macht auf verschiedene Institutionen verteilt ist, die unabhängig voneinander handeln und sich gegenseitig kontrollieren sollen: Das Parlament beschließt Gesetze (Legislative), die Regierung sowie die öffentliche Verwaltung setzen die Gesetze um (Exekutive) und die Gerichte sprechen nach Maßgabe der Gesetze Recht, unabhängig von politischen, wirtschaftlichen oder persönlichen Interessen (Judikative). Das Bundesverfassungsgericht kann Gesetze, die gegen das Grundgesetz verstoßen, ablehnen. Und auch der Bundespräsident als »erster Mann im Staat« (bislang hatte noch keine Frau dieses Amt inne) hat das Recht, Gesetze zu prüfen, bevor er sie unterschreibt.
- Es herrschen Presse- und Meinungsfreiheit. Jeder Mensch kann also – mit wenigen Ausnahmen – sagen, was er denkt, ohne dafür bestraft zu werden (eine Ausnahme ist etwa die Leugnung der Schoah[3]). Und die Medien dürfen veröffentlichen, was ihnen wichtig erscheint – sie sollen sogar mit ihrer Berichterstattung die Arbeit der Regierung kontrollieren und Missstände aufdecken. Deshalb nennt man sie auch »die vierte Gewalt«.

Aufgabe eines demokratischen Verfassungsstaates ist es, die Rechte, die Würde und die Freiheit aller Menschen auf seinem Staatsgebiet zu bewahren (und darüber hinaus seine Staatsbürger auch im Ausland zu schützen) – das gilt auch für die Menschen, die diesen Staat bekämpfen. Der demokratische Verfassungsstaat zieht seine Legitimität aus der Überzeugung, dass nur in diesem staatlichen System die Würde des Menschen und seine Grundrechte geschützt werden können.

Der Rechts- und Sozialstaat

Oft wird Deutschland auch als Rechts- und Sozialstaat bezeichnet. In einem Rechtsstaat müssen sich Regierung und Verwaltung an die Gesetze halten, außerdem müssen ihre Entscheidungen von Gerichten geprüft werden können. Die Kanzlerin kann also beispielsweise Politiker aus der Opposition nicht einfach verhaften lassen, weil sie ihr im Parlament zu oft widersprechen. Eine Beamtin im Jobcenter darf einem Arbeitslosen nicht das Arbeitslosengeld kürzen, weil sie ihn unsympathisch findet. Und natürlich darf die Polizei niemanden wegen kleiner Vergehen, etwa falschem Parken, festnehmen. Denn in einem Rechtsstaat besitzen alle Bürgerinnen und Bürger Grundrechte[4], die oft zugleich auch Menschenrechte sind und damit für alle Menschen gelten, nicht nur für die Bürger dieses Rechtsstaats. Dazu gehören etwa das Recht darauf, dass der Staat die körperliche und seelische Gesundheit sowie das Eigentum seiner Bürger schützt, die Gleichberechtigung von Männern und Frauen, die Versammlungsfreiheit, die freie Berufswahl (Berufsfreiheit), die Freiheit, denken und sagen zu können, was man will (Meinungsfreiheit), und die Freiheit, im Staatsgebiet überall hin reisen zu dürfen (Recht auf Freizügigkeit).[5] Außerdem herrscht in einem Rechtsstaat sogenannte Rechtssicherheit. Das bedeutet, dass jeder weiß (oder sich zumindest darüber informieren kann), was gesetzlich erlaubt und was verboten ist, und dass er oder sie sich darauf verlassen kann, dass diese Gesetze auch gelten.

In einem Sozialstaat kümmert sich der Staat um die soziale Sicherheit aller Bürgerinnen und Bürger. Das bedeutet unter anderem: Alle Menschen in Deutschland müssen krankenversichert sein. Wer arbeitslos oder pflegebedürftig ist, kann beim Staat finanzielle Unterstützung beantragen. Familien erhalten Eltern- und Kindergeld. Schüler, Auszubildende und Studierende können ebenfalls Geld vom Staat bekommen. Angestellte können nicht grundlos von heute auf morgen entlassen werden, Arbeitnehmer dürfen an ihrem Arbeitsplatz nicht unnötig gefährdet oder belastet werden. Die Ausbildung an Schulen und Universitäten ist kostenlos, wer wenig Einkommen hat, zahlt prozentual auch weniger Steuern als Menschen mit hohem Einkommen. Das sind nur einige Beispiele dafür, wie der deutsche Sozialstaat die soziale Sicherheit der Einwohner zu schützen versucht.[6]

Das Grundgesetz wiederum schützt diese freiheitlich-demokratische Grundordnung, also den Rechts- und Sozialstaat Deutschland.

Das Grundgesetz

Seit dem 3. Oktober 1990 ist das Grundgesetz die Verfassung der gesamten Bundesrepublik Deutschland und steht über allen anderen Gesetzen.

Nachdem Deutschland 1945 den Zweiten Weltkrieg verloren hatte, musste das gesamte politische System neu geordnet werden. Den Besatzungsmächten Großbritannien, Frankreich, der Sowjetunion und den USA, aber auch vielen Deutschen, war wichtig sicherzustellen, dass sich so etwas wie die Herrschaft der Nationalsozialisten nie wiederholen kann. Vier Jahre nach Kriegsende wurde in Westdeutschland das deutsche Grundgesetz verabschiedet.[7] Es soll gewährleisten, dass Deutschland eine Demokratie bleibt, dass die freiheitlich-demokratische Grundordnung geschützt und die Menschenrechte gewahrt werden (mehr dazu im Kapitel sechs – Streitbare Demokratie).

Ob die Rechte, die Würde und die Freiheit aller Menschen in einem demokratischen Verfassungsstaat ausreichend geschützt werden, da sind sich Extremisten und Menschen mit gemäßigteren Einstellungen uneinig. Extremisten glauben, dass es auch andere Möglichkeiten gesellschaftlicher Organisation gibt, und lehnen neben dem demokratischen Verfassungsstaat oft auch die Menschenrechte ab.

KAPITEL ZWEI

Was ist Extremismus?

So wird »Extremismus« definiert

Was also ist Extremismus? Wenn man sich die politischen Einstellungen aller Menschen in Deutschland als Punkte auf einer Linie vorstellt, mit den gemäßigten Einstellungen in der Mitte und den extremen Ansichten an den Rändern, sammeln sich die meisten Punkte links und rechts von der Mitte. Zu den Rändern hin werden die Punkte weniger, das heißt es gibt weniger Menschen, die extrem linke oder extrem rechte Meinungen vertreten. Dass politische Ansichten als *links* beziehungsweise *rechts* bezeichnet werden, stammt aus der französischen Nationalversammlung nach der Französischen Revolution. Dort saßen links die Parteien, die politisch-gesellschaftliche Veränderungen anstrebten, und rechts die Parteien, die die Gesellschaft so lassen wollten, wie sie war (diese Parteien werden auch als konservativ bezeichnet, von lateinisch *conservare* – bewahren). Als »linke Werte« gelten zum Beispiel soziale und politische Gleichheit, Solidarität mit Schwächeren, Offenheit für andere Kulturen und Religionen. Als »rechte Werte« gelten die persönliche Freiheit, Eigenverantwortung oder die Betonung der eigenen Kultur.[1]

Am äußersten Rand des politischen Spektrums werden

jene politischen Einstellungen angesiedelt, die sehr links sind (zum Beispiel: Niemand darf mehr besitzen als ein anderer) oder sehr rechts (zum Beispiel: In Deutschland dürfen nur Deutsche ohne Migrationshintergrund leben). Daher kommt auch der Begriff »Extremismus«, nämlich von den lateinischen Begriffen *extremitas* (der äußerste Punkt) und *extremus* (das Äußerste/Entfernteste/Gefährlichste).[2]

Extremismus meint also alle Einstellungen am äußersten politischen Rand. Am häufigsten verstehen Wissenschaftler darunter solche Einstellungen oder Handlungen, die sich gegen den demokratischen Verfassungsstaat, den Rechtsstaat und das Grundgesetz richten. Diese Beschreibung nennt sich Negativdefinition, weil sie erklärt, *wogegen* Extremisten sind. Das wird unter Extremismusexperten gelegentlich kritisiert. Eine ergänzende Definition formuliert der Extremismusforscher Tom Mannewitz von der Universität Chemnitz: »Extremismus meint Bestrebungen innerhalb einer Demokratie, die auf eine Autokratie oder eine Diktatur aus sind.«

Rechtsextremisten fordern zum Beispiel einen Staat, der sich ausschließlich um die Bürger der eigenen Ethnie kümmert, weil sie glauben, dass Menschen anderer Ethnien weniger intelligent, weniger fleißig, dafür aber krimineller sind oder schlicht nicht das Recht haben, von einem Staat versorgt zu werden, zu dem sie und ihre Vorfahren nicht schon immer gehört haben.

Linksextremisten fordern zum Beispiel einen Staat, in dem alle Produktionsmittel (Fabriken, Rohstoffe, Maschinen) allen Bürgern gehören, weil sie glauben, dass zu viele Menschen ausgebeutet werden, wenn nur eine kleine Gruppe von Bürgern alle Produktionsmittel besitzt.

Religiöse Extremisten, allen voran Islamisten, streben eine Gesellschaft an, in der alle Menschen den jeweiligen religiösen Vorschriften gehorchen, weil sie sich selbst als Verteidiger der göttlichen Gebote sehen oder weil sie glauben, dass Gott sie sonst irgendwann strafen wird.

Manche extremistischen Ansichten verstärken sich gegenseitig. Ausländerfeindliche Reden etwa spielen Islamisten in die Hände. Und die linke Tendenz, Integrationsprobleme bestimmter Migrantengruppen zu ignorieren, bestärkt rechtsextremistisches Gedankengut.

Oft ist auch von »Radikalismus« die Rede, wenn »Extremismus« gemeint ist. Wissenschaftler debattieren noch darüber, wie sich der Unterschied zwischen diesen beiden Begriffen genau definieren lässt.[3] Sicher ist auf jeden Fall, dass Menschen, die von anderen als Extremisten bezeichnet werden, sich selbst nicht (oder nur selten) so nennen würden. Sie bezeichnen sich lieber als Radikale, das gilt vor allem für Linksextremisten und religiöse Extremisten. Sie wollen die Gesellschaft von der Wurzel an (radikal kommt von lat. *radix* = Wurzel), also ganz grundlegend, verändern. So kann zum Beispiel eine Gemeinschaft aus mehreren Menschen, die abgeschieden auf einem Bauernhof lebt, alles Essen und alle Kleidung selbst produziert und ihre Kinder nicht zur Schule schickt, als radikal bezeichnet werden. Oder auch ein Veganer, der gleiche Rechte für Menschen und Tiere fordert und sein Gemüse in keiner Pfanne braten will, in der schon einmal Fleisch gelegen hat. Radikale versuchen also nicht zwangsläufig, den demokratischen Verfassungsstaat zu untergraben. Sie suchen sich oft einfach eine Nische in der Gesellschaft, in der sie radikal anders leben können. Manche von ihnen wenden Gewalt an, manche nicht. Die meisten aber akzeptieren andere Lebensweisen und die gesellschaftliche Ordnung innerhalb der Demokratie. »Radikalismus kann mit Demokratie durchaus vereinbar sein«, erklärt Politikwissenschaftler Mannewitz, »Extremisten dagegen bekämpfen die Demokratie. Da steckt auch eine gewisse Radikalität drin, zugleich aber eine Gefährdung von Freiheit, Gleichheit und Menschenrechten. Nicht jeder Radikale ist extremistisch, aber jeder Extremist ist radikal.«

Oft werden auch die Begriffe »extremistisch« und »extrem« synonym verwendet. Dabei gibt es Unterschiede: Extrem ist etwas, was für die meisten Menschen nicht normal ist. Eine extreme Erfahrung bringt uns an die Grenzen des Erträglichen. Das kann ein schlimmes Erlebnis sein, wie ein Autounfall oder eine Krankheit, aber auch ein Erlebnis voller Nervenkitzel, wie ein Looping in einem Segelflieger oder der erste Tauchgang in 30 Metern Tiefe. Ein extremes Verhalten ist demnach ein Verhalten, das die meisten Menschen in einer Gruppe oder Gesellschaft nicht zeigen, das sie also nicht als normal empfinden. Eine extreme Einstellung haben zum Beispiel Menschen, die vor Krankenhäusern gegen Abtreibungen demonstrieren und betroffene Frauen oder

Ärztinnen und Ärzte anfeinden oder sie gar mit Gewalt von der Klinik fernzuhalten versuchen. Oder auch Eltern, die ihre Kinder nicht impfen lassen, weil sie den Impfstoffen der Pharmaindustrie nicht vertrauen. Extremistisch sind diese Einstellungen aber nicht, denn Abtreibungs- oder Impfgegner und die meisten anderen Menschen mit extremen Einstellungen fordern keine Abschaffung des demokratischen Verfassungsstaats.

Die Wahrnehmung darüber, was normal ist und was nicht, ändert sich ohnehin im Laufe der Geschichte. Dass sich zwei Männer auf der Straße küssen oder ein Kind zwei Mütter (oder zwei Väter) statt Mutter und Vater hat, war lange Zeit nicht normal, inzwischen wundern sich die meisten Menschen nicht mehr darüber. Die Forderung, dass Frauen wählen gehen oder Kinder nicht geschlagen werden dürfen, galt ebenfalls lange Zeit als extrem und radikal.

Definitionskritik

Nun ist also klar, was in diesem Buch mit dem Begriff »Extremismus« gemeint ist. Doch Experten sind sich bei solchen Themen, die für Politik und Gesellschaft besonders wichtig sind, oft uneinig: So ist diese Definition von Extremismus, die vor allem auch vom Verfassungsschutz verwendet wird, unter Wissenschaftlern umstritten. Denn sie setzt die Existenz eines Verfassungsstaats voraus, gegen den sich der Extremismus richten kann. Und sie bezieht sich auf so unterschiedliche Phänomene wie Führerkult und die Ablehnung jeglicher Herrschaft (dazu später mehr). Dennoch ist es die

Definition, die in der Politik- und Sozialwissenschaft am häufigsten vorkommt.

Doch nicht nur unter Extremismusforschern gibt es Streit darüber, wie man Extremismus genau definiert. Während Rechtsextremisten diese Bezeichnung eher als Auszeichnung verstehen, wehren sich extreme Linke meist dagegen. Sie möchten lieber »linksradikal« genannt werden. Denn durch die Bezeichnung »Extremisten« fühlen sie sich mit Rechtsextremisten und Islamisten auf eine Stufe gestellt. Dabei ist es wichtig, zu betonen: Wenn Menschen mit extrem linker oder extrem rechter Einstellung, die beide den demokratischen Verfassungsstaat ablehnen, als Extremisten bezeichnet werden, soll das keine Wertung und auch keine Gleichstellung sein. Ein radikaler Linker, der eine Gesellschaft ohne Reiche und Mächtige fordert, erscheint wahrscheinlich sympathischer als ein radikaler Rechter, der eine Gesellschaft mit einem starken Führer und gehorsamen Untertanen propagiert. Beide gelten aber in der politischen und wissenschaftlichen Debatte als Extremisten.

Und so unterschiedlich die Ziele und Einstellungen der extremistischen Strömungen auch sind, vieles haben sie bei aller Abgrenzung voneinander doch gemeinsam.

Das haben extremistische Strömungen gemeinsam

Sie alle lehnen den demokratischen Verfassungsstaat ab und streben eine Gesellschaft an, die auf völlig anderen Grundwerten aufbaut. Sie wollen sich den gültigen Gesetzen in Deutschland nicht unterordnen und wehren sich gegen die Macht der Regierung. Stattdessen wollen sie lieber selbst Kontrolle über sich und andere ausüben und die gegenwärtige Gesellschaft auf einen – ihrer Meinung nach – besseren Weg führen. Jede extremistische Strömung hält ihre Ideologie für den einzig richtigen Weg. Deshalb wollen sie andere Menschen von ihrer Weltanschauung überzeugen oder ihnen ihre Ideologie gar aufzwingen.

Extremisten sind außerdem überzeugt davon, dass eine weitgehend homogene Gesellschaft möglich ist, also eine Gesellschaft, in der alle Menschen die gleichen Einstellungen haben und die gleichen Ziele verfolgen.

Extremistische Gruppen vermitteln ein sehr starkes Wir-Gefühl. Wer dazugehören will, muss sich zwar unbedingt anpassen, kann dann aber auch Unterstützung, Schutz und Gemeinschaft erwarten. Der Eintritt in die Gruppe läuft meist ähnlich ab. Durch Aktionen wie Grillabende, Konzerte oder Diskussionsrunden schaffen Extremisten ein starkes Gemeinschaftsgefühl. Das zieht vor allem junge Menschen an, deren Leben gerade im Umbruch ist. Wenn die Neulinge dann gern und regelmäßig an diesen Aktionen teilnehmen, wird ihnen die Gruppe nach und nach immer wichtiger, sie verbringen immer mehr Zeit mit ihren neuen Freunden, entfremden sich langsam von Andersdenkenden[4] und bemerken oft gar nicht, wie sie sich allmählich extremistische Ansichten zu eigen machen. Diese Ansichten sind meist Teil einer zweidimensionalen Weltsicht: Extremisten unterteilen die Welt in die »Guten« (sie selber) und die »Bösen« (die anderen). Wer in das homogene Menschenbild einer extremistischen Gruppe passt, gehört zu den »Guten« (das können für die einen dann zum Beispiel Deutsche *ohne* Migrationshintergrund sein, für die anderen unstrenggläubige Muslime), alle anderen gehören zu den »Bösen« (das sind zum Beispiel Migranten in Deutschland oder aber liberale Muslime oder auch Aussteiger aus der eigenen Gruppe). Diese »Bösen« müssen aus Sicht der jeweiligen Gruppe bekämpft werden.

Extremisten treten oft kompromisslos oder sogar militant auf und so sieht auch ihr Bild in der Öffentlichkeit aus.

Was tun Extremisten?

Wer das Wort »Extremist« hört, denkt vielleicht sofort an einen kahl geschorenen Mann, der finster dreinschaut, die Fäuste ballt, Parolen grölt und jeden Moment zuschlagen könnte. Oder auch an einen Mann, der in einem Keller sitzt, sich über einen Tisch beugt und im Schein einer Glühbirne die Drähte einer Bombe zusammenlötet. Doch Extremisten versuchen nicht immer, nur mit Gewalt ihre Ziele zu erreichen. Und Extremisten sind auch nicht immer Männer.

Normalerweise ist nur ein Teil einer extremistischen Gruppe gewaltbereit, hält also Gewalt für ein legitimes Mittel, um die eigenen Ziele durchzusetzen. Gewaltbereite Extremisten werfen etwa bei Demonstrationen Steine und

Flaschen auf Polizisten, entführen Menschen, um Lösegeld zu erpressen oder politische Forderungen durchzusetzen[5], oder sie greifen willkürlich Menschen an, die nicht in ihr Weltbild passen. Aber nicht immer haben es gewalttätige Extremisten auf Menschen abgesehen. Linksextremisten sind bekannt dafür, bei Demonstrationen die Scheiben von (meist teuren) Geschäften und Bankfilialen einzuschmeißen oder Autos anzuzünden. Auch die Behinderung staatlicher Aufgaben gilt als Gewalt, etwa wenn rechte Demonstranten einen Bus blockieren, der Flüchtlinge in ihre Unterkunft bringen soll.[6] Unorganisierte, spontane Gewalt stärkt in extremistischen Gruppen den Zusammenhalt der Mitglieder untereinander. Bei rechtsextremistischen Fußball-Hooligans gehört es quasi zum Selbstverständnis, Gewalt anzuzetteln, ebenso bei manchen Linksextremisten, die bei Demonstrationen randalieren.

Es gibt in extremistischen Gruppen außerdem Menschen, die Gewalt gegen ihre Gegner zwar richtig finden, selbst aber nicht gewalttätig sind.

Wenn Extremisten geplant, strukturiert und über einen längeren Zeitraum hinweg immer wieder Gewalt ausüben, um die bestehende politische und gesellschaftliche Ordnung zu verändern, spricht man von Terrorismus. Beispiele für Terror sind:

- Die drei Mitglieder der rechtsextremistischen Vereinigung »Nationalsozialistischer Untergrund« (NSU) sind für die Morde an neun Migranten aus der Türkei und Griechenland und einer Polizistin zwischen 2000 und

2007 verantwortlich. Im Juni 2004 platzierten sie eine selbstgebaute Bombe an einer belebten Straße in Köln, gefüllt mit 800 Nägeln. Als die Bombe explodierte, zischten die Nägel wie Geschosse durch die Luft. Der NSU wollte möglichst viele Menschen verletzen und damit vor allem unter Migranten, die ihrer Meinung nach nicht nach Deutschland gehören, Angst und Schrecken verbreiten.[7]

- Zwischen den 1970er- und 1990er-Jahren entführte die Rote Armee Fraktion (RAF) vor allem Politiker, verübte Anschläge, beging Banküberfälle und tötete insgesamt 34 Menschen.[8] Am 5. September 1977 entführten vier Mitglieder der RAF den Arbeitgeberpräsidenten Hanns Martin Schleyer. Sie forderten, elf inhaftierte RAF-Mitglieder freizulassen. Gut einen Monat später entführten vier palästinensische RAF-Verbündete einen Ferienflieger mit 86 Urlaubern und forderten ebenfalls die Freilassung der elf Rotarmisten. Zwei Tage später begingen vier führende RAF-Mitglieder im Gefängnis Selbstmord. Am folgenden Tag wurde Schleyer erschossen im Kofferraum eines grünen Audis gefunden. Damit endete der sogenannte Deutsche Herbst, der Höhepunkt des linksradikalen Terrorismus in der Bundesrepublik.[9]

- Ein LKW fährt in eine Menschenmenge, eine Bombe detoniert in einer U-Bahn, Männer mit Maschinengewehren stürmen einen Konzertsaal und erschießen die Besucher. Das klingt nach vielen grausamen Einzelverbrechen, es sind aber ebenfalls terroristische Attentate, denn sie sind alle von Anhängern einer Gruppe verübt worden – von Islamisten. Auch sie wollen Angst und Schrecken verbreiten. Ihre Ziele sind die »Ungläubigen«, also Menschen, die nicht ihrer Auslegung des Islam folgen.

Viele extremistische Gruppen versuchen allerdings, die Gesellschaft mit legalen Mitteln und ohne Gewalt zu verändern.[10] Dazu bedienen sie sich verschiedener Wege:

- *Jugendarbeit und Jugendkultur:* Gerade junge Menschen sind auf der Suche nach einem Sinn im Leben und einer Gruppe, zu der sie gehören können. Deswegen sprechen Extremisten gern Jugendliche an. Sie organisieren Partys in Jugendclubs, verbreiten Musik mit extremistischen Inhalten, bilden jugendliche Subkulturen mit eigenem Kleidungsstil, speziellen Ausdrücken und Symbolen. All das fördert das Gefühl der Zusammengehörigkeit und gleichzeitig die Abgrenzung von der Gesellschaft.

- *Politisches Engagement:* Extremistische Parteien können wie jede andere Partei auch an Wahlen teilnehmen. Das Bundesverfassungsgericht kann zwar Parteien verbieten, die sich gegen das deutsche Grundgesetz und den demokratischen Verfassungsstaat richten, dafür gibt es aber hohe rechtliche Hürden. Mit ihrer Teilnahme an Wahlen betreiben extremistische Parteien natürlich auch Wahlkampf. Auf ihren Plakaten, Flyern und Webseiten legen sie ihre wirklichen politischen Ziele aber oft nicht offen. Statt etwa zu erklären, dass sie der Ansicht sind, dass Menschen mit Migrationshintergrund in Deutschland keine Unterstützung vom Staat mehr bekommen sollten, sagen sie lieber, dass deutsche Rentner und Kinder mehr Geld bekommen müssen. Oft nutzen sie für ihren Wahlkampf Themen, die bei der breiten Bevölkerung gut ankommen. So haben sich Rechtsextremisten zum Beispiel gegen den Irak-Krieg engagiert.

- *Einflussreiche Positionen besetzen:* In der Politik, in Vereinen und Organisationen kann so gut wie jeder mitarbeiten und für bestimmte Positionen kandidieren. Eine Strategie von Extremisten ist es daher, einflussreiche Posten zu gewinnen, von denen aus sie möglichst viele Menschen erreichen können. Rechtsextremisten sind relativ erfolgreich darin, in eher unpolitischen Bereichen Einfluss zu gewinnen, etwa in Sportvereinen, freiwilligen Feuerwehren[11], im Elternbeirat von Schulen oder Kindergärten, im Gemeinderat oder auch als Lehrer und Erzieher.

- *Verbreitung ihrer Ansichten:* Mit Infoständen auf der Straße, Infoveranstaltungen zu politischen Themen, im Freundes- und Kollegenkreis oder im Internet suchen Extremisten nach neuen Anhängern. Dabei wird oft nicht sofort deutlich, dass sie extremistische Einstellungen vertreten. Islamisten etwa versuchen andere

Menschen mit Versprechungen vom Paradies, Angst vor dem Tod oder mit einer starken Gemeinschaft davon zu überzeugen, sich zum Islam zu bekehren und den Kampf gegen die Ungläubigen aufzunehmen. Ihre Intoleranz gegenüber anderen Religionen oder die eingeschränkte Freiheit der Frauen, verschweigen sie erst einmal.

- *Engagement in gesellschaftlichen Organisationen oder Gruppen:* Dies ist eine Möglichkeit, über scheinbar gemeinsame Interessen mit Menschen in Kontakt zu kommen, die ansonsten nicht unbedingt Einstellungen mit Extremisten teilen. Rechtsextremisten setzen sich beispielsweise häufig für Umweltschutz, Tierrechte und Kinderschutz (allerdings nur für deutsche Kinder) ein. Auch Linksextremisten sind oft im Umweltschutz aktiv. Islamisten engagieren sich in Friedensbewegungen, besonders gegen Angriffskriege gegen muslimische Länder. So kommen Extremisten mit anderen Menschen in Kontakt, die zu einzelnen Themen die gleiche Meinung haben, und können sie möglicherweise von ihren weiteren Ansichten überzeugen.[12]

- *Propaganda:* Mit eigenen Magazinen, Büchern, Diskussionsveranstaltungen, Webseiten, Internetvideos, Kommentaren und Posts in sozialen Netzwerken verbreiten Extremisten ihre Ideologie. Dazu gehört auch die bewusste Verbreitung falscher Informationen. Gerade Rechtsextremisten versuchen immer wieder, die Vergangenheit umzuschreiben. Sie leugnen etwa die

Schoah oder behaupten, im Gegensatz zu heute seien im Nationalsozialismus Familien, Frauen und Kinder besser geschützt gewesen. Linksextremisten leugnen häufig die Verbrechen der DDR-Regierung und beharren darauf, dass es den Menschen im sozialistischen System der DDR besser gegangen sei.

– *Vigilantismus* (von lat. *vigilans* – wachsam): Bisweilen schließen sich Extremisten zu kleinen Gruppen zusammen, um zu versuchen, in einem begrenzten Gebiet ihre Vorstellungen eines korrekten Verhaltens durchzusetzen. 2014 machte eine Gruppe junger Männer Schlagzeilen[13], die mit der Aufschrift »Sharia Police« durch Wuppertal zog und junge Muslime ermahnte, keinen Alkohol zu trinken und nicht in Spielhallen zu gehen. Weil sie dabei keine Gewalt anwandten, war ihr Vorgehen nicht illegal.[14] Verunsichert hatte ihr Verhalten die Menschen, die von ihnen angesprochen wurden, dennoch. Ende der 1990er Jahre berichteten Medien von Gebieten in Ostdeutschland, in denen Rechtsextremisten mit Baseballschlägern Menschen vertrieben hatten, die nicht in ihr Weltbild passten, also etwa Ausländer, Obdachlose und Punks.[15] Das ist natürlich strafbar, aber solange Rechtsextremisten in Bomberjacken nur an Straßenecken herumlungern und durch dieses Auftreten andere Menschen einschüchtern, ist auch das nicht illegal.

Besonders gefährlich sind extremistische Gruppen dann, wenn sie sich nahtlos in die Gesellschaft einfügen, wenn es also nicht sofort auffällt, dass diese Gruppen extremistische Einstellungen verbreiten. Das ist vor allem in sozialen Medien der Fall. Auf Facebook, Twitter oder Instagram fallen Accounts und Gruppen nicht sofort als extremistisch auf, wenn sie sich scheinbar um andere Themen kümmern, und können so unterschwellig ihre Ideologien an ein breites Publikum bringen.[16] Offline funktioniert das ebenfalls. Bei der »Lies!«-Kampagne zum Beispiel verteilten Islamisten zwischen 2011 und 2016 nach eigenen Angaben 3,5 Millionen Korane gezielt an junge Nicht-Muslime und versuchten, sie für eine extremistische Version des Islam zu begeistern. 2016 wurde die islamistische Vereinigung »Die Wahre Religion«, die hinter dieser Kampagne stand, in Deutschland verboten.[17]

Gefährlich sind aber auch die Menschen, die nicht unbedingt selbst extremistisch eingestellt sind, aber extremistische Einstellungen gutheißen. Meist sind sie leichter zu beeinflussen und könnten sich selbst irgendwann radikalisieren. Außerdem bestärken sie Extremisten in ihrer Einstellung, weil sie ihnen kein Kontra geben. Ein deutliches Beispiel dafür sind die Menschen, die danebenstanden und klatschten, als Rechtsextremisten 1992 in Rostock-Lichtenhagen eine Aufnahmestelle für Asylbewerber und ein Wohnheim von Vietnamesen anzündeten (s. S. 58, Kapitel vier – Rechtsextremismus).

Wie entsteht Extremismus?

Sozial- und Politikwissenschaftler, Politiker, Kriminologen, Sozialarbeiter, Lehrer, Eltern und Freunde von Extremisten – unzählige Menschen zerbrechen sich den Kopf über die Frage, warum Menschen extremistische Einstellungen entwickeln und sogar bereit sind, Gewalt anzuwenden. Wissenschaftler haben auf diese Frage unterschiedliche Antworten gefunden:

- *Gesellschaftlicher Wandel:* Unsere Urgroßeltern, vielleicht sogar noch unsere Großeltern, wurden geboren, wuchsen auf, heirateten, bekamen Kinder und starben oft in ein und demselben Ort. Oder zumindest in ein und demselben Bundesland. Heute werden wir in einer Stadt geboren, gehen in einer anderen zur Schule, machen an wieder einem anderen Ort eine Ausbildung oder studieren, gehen zwischendurch ins Ausland, heiraten (oder auch nicht), bekommen Kinder (oder auch nicht), wechseln alle paar Jahre den Job, den Wohnort, den Partner. Zu all diesen Veränderungen kommt die ständige Angst, sozial abzusteigen, also arbeitslos und damit ärmer zu werden. Die Welt ist also immer komplizierter geworden. Zum einen, weil wir viel mehr Freiheiten und Möglichkeiten haben als die Generationen vor uns, zum anderen, weil die Arbeitswelt immer höhere Anforderungen an uns stellt: Wir sollen studiert haben und Auslandserfahrung mitbringen. Wir sollen möglichst jung sein und doch gleichzeitig viel Berufserfahrung haben. Wir sollen online und offline ständig verfügbar sein und abends, am Wochenende, eigentlich irgendwie immer arbeiten und etwas leisten. Und: Wir sollen nicht nur nach Geld und Sicherheit streben, sondern auch noch glücklich sein, uns selbst und dann noch die restliche Welt verbessern. Das stresst. Viele Menschen wünschen sich ein weniger kompliziertes Leben in einer weniger komplizierten Welt. Extremistische Ideologien machen das Leben auf den ersten Blick etwas weniger kompliziert. Sie liefern einfache Antworten auf komplexe Fragen und einfache Lösungen für die großen Probleme dieser Welt. Für Rechtsextremisten sind Migranten und Ausländer an den Nöten der Deutschen schuld (sie nehmen Arbeitsplätze weg und beziehen zu viel Sozialhilfe). Für Linksextremisten sind die politische und wirtschaftliche Elite die Bösen (sie beuten alle anderen Menschen aus). Für religiöse Extremisten sind es meistens Menschen mit einem anderen oder gar keinem Glauben, die so viele Probleme in der Welt verursachen (weil sie egoistisch sind und nicht gottgefällig leben). Und die einfache Lösung aller ist: Weg mit denen, die schuld sind. Wir machen es besser.[18]

- *Politische Unzufriedenheit:* Wer unzählige Bewerbungen verschickt und trotzdem keinen Ausbildungsplatz findet, wer sich im Job anstrengt und trotzdem kaum etwas verdient, der ist natürlich unzufrieden. Nun könnte man sagen, der erfolglose Bewerber sollte sich für andere Ausbildungsberufe bewerben, die unterbezahlte Arbeitnehmerin sollte sich fortbilden und nach einem besser bezahlten Job umsehen. Manche Menschen suchen die Lösung ihrer Probleme aber nicht bei sich selbst, sondern bei anderen. Zum Beispiel bei der Politik. Eine sehr einfache Erklärung für solche Probleme lautet dann: Wenn alle Bewerbungen abgelehnt werden, nehmen wohl Ausländer die Ausbildungsplätze weg. Und wenn der Job nicht genug Geld einbringt, dann ist der Unternehmer schuld, der seine Mitarbeiter ausbeutet. Wer andere dafür verantwortlich macht, wenn die eigenen Wünsche nicht erfüllt werden, findet unter Umständen Trost bei extremistischen Ideologien. Aber auch berechtigte Kritik an der aktuellen Politik befeuert extremistische Einstellungen. Auf dem Land werden Schulen, Krankenhäuser und Bahnlinien geschlossen, Schulen, Straßen und Brücken sind vielerorts marode, Kinder- und Altersarmut wird nicht ausreichend bekämpft, weil angeblich das Geld dafür fehlt. Gleichzeitig gibt die Regierung Millionen Euro aus, um Flüchtlingen zu helfen oder Banken zu retten. Die Unzufriedenheit darüber zeigt sich bei den Wahlen. Sogenannte Protestwähler, die mit der Politik der aktuellen Regierung sehr unzufrieden sind, wählen dann schon mal Parteien, die politisch sehr weit rechts oder links liegen.[19]

– *Persönliche Ursachen:* Ob sich ein Mensch zu einer extremistischen Weltsicht hingezogen fühlt, liegt auch an seiner Persönlichkeit und seinen persönlichen Erfahrungen. Wer in Schule, Ausbildung oder Beruf keinen Erfolg hat, sich von Familie und Freunden ungeliebt und unverstanden fühlt (oder gar keine hat) oder wer in seiner Kindheit schlimme Erfahrungen wie Misshandlung oder Mobbing erleben musste und keine Hilfe erfahren hat, sucht eher in extremistischen Gruppen Halt als Menschen, die einen stabilen Freundeskreis, eine liebevolle Familie und einen spannenden Beruf haben und sich in ihrem Leben wohlfühlen. Menschen mit extremistischen Einstellungen, vor allem Rechtsextremisten und Islamisten, haben häufig kein gutes Verhältnis zu ihren Familien. Oft wurden sie als Kinder geschlagen, missbraucht oder vernachlässigt. Wer Gewalt oder Missbrauch erleben musste, fühlt sich ohnehin als Außenseiter der Gesellschaft, als könnten alle anderen sehen, dass mit ihm oder ihr etwas »nicht stimmt«. Manche von ihnen schließen sich daher extremistischen Gruppen an, um sich noch bewusster von der Mehrheit abzugrenzen, von der sie sich abgelehnt fühlen. Außerdem vermitteln ihnen diese Gruppen eine Ordnung, die ihnen im Leben fehlt. Auch Alkohol- und Drogenkonsum kann Einfluss darauf haben, ob sich jemand radikalisiert. Gerade Jugendliche, die später rechtsextrem werden, haben oft schon in der Unterstufe angefangen, Alkohol zu trinken. Dadurch haben sie sich früh von Gleichaltrigen isoliert. Bei islamistischen Jugendlichen verhält es sich genau andersherum. Sie sind oft dadurch unter Gleichaltrigen zu Außenseitern geworden, dass sie gar keinen Alkohol trinken.[20] Gerade Menschen, die ein geringes Selbstwertgefühl haben, verspüren in einer extremistischen Gruppe mitunter eine ungewohnte Macht. Auf einmal sind sie Teil einer großen Bewegung und werden von der Gesellschaft gefürchtet. Man spricht über sie in den Medien und im Bundestag. Das vermittelt ein Gefühl von Stärke gegenüber denen, von denen sie sich ungerecht behandelt fühlen, und die Überzeugung, auserwählt und etwas Besonderes zu sein.[21] Junge Frauen fühlen sich zudem manchmal von sehr konservativen Ideologien wie dem Rechtsextremismus oder dem Islamismus angezogen, weil deren klares Rollenverständnis von Frau und Mann ihnen viel Verantwortung abnimmt. Dort müssen sie sich nicht mehr für einen Beruf und einen Partner entscheiden. Ihr Beruf ist Hausfrau und Mutter, alle weiteren Entscheidungen trifft ihr Partner für sie.

Alle oder auch nur einige dieser Ursachen können eine Rolle spielen, wenn jemand extremistische Ansichten entwickelt oder gar wegen dieser extremistischen Einstellung Gewalt anwendet.

Wie aber entstehen extremistische Einstellungen in den Köpfen? Auch darüber haben sich Wissenschaftler Gedanken gemacht und den typischen Ablauf eines Radikalisierungsprozesses beschrieben. Der sieht natürlich bei jedem Betroffenen etwas anders aus, ist aber meist in seinen Grundzügen vergleichbar.

1. Oft beginnt die Radikalisierung mit einer persönlichen Krise. Und davon gibt es gerade in der Pubertät und im jungen Erwachsenenalter einige. Diese Krisen können äußere

Ursachen haben: Trennung oder Tod der Eltern, Mobbing in der Schule, schlechte Noten, Absagen auf Bewerbungen, Liebeskummer oder auch traumatische Erlebnisse wie Missbrauch und Gewalt.[22] Oder aber innere: Unzufriedenheit mit dem eigenen Aussehen, Unsicherheit darüber, wer man ist und was man mit dem eigenen Leben anfangen will, Schüchternheit oder auch psychische Erkrankungen wie eine Depression. Wer in solch einer Krise über Freunde, das Internet oder Veranstaltungen vor Ort mit einer extremistischen Gruppe in Kontakt kommt, ist für deren Ideologie oft besonders empfänglich. (Deswegen sind Gefängnisse auch Orte, an denen besonders viele Menschen radikalisiert werden, jeder dritte Islamist etwa hat sich in der Haft radikalisiert.[23]) Das strenge Weltbild einer extremistischen Strömung sowie die Gleichgesinnten in der Gruppe geben in solch unsicheren Situationen Halt und Orientierung. Und das kann in einer komplexen, unübersichtlichen Welt als befreiend empfunden werden. Denn extremistische Ideologien schreiben sehr genau vor, was richtig und was falsch, wer gut und wer böse, was zu tun und was zu lassen ist. Rechtsextremisten sind zum Beispiel überzeugt davon, dass nur Frauen und Männer der gleichen Ethnie heiraten dürfen, Linksextremisten sehen in Staat und Polizei den Feind aller freiheitsliebenden Menschen, Islamisten glauben, dass sie Ungläubige bekämpfen müssen, selbst wenn es sich dabei um ihre eigene Familie handelt. Bei manchen religiösen Extremisten ist gar der ganze Tagesablauf vom Aufwachen bis zum Einschlafen festgelegt.

Für manche ist die Radikalisierung aber auch Ausdruck einer Rebellion gegen die eigenen Eltern. Streng christlich erzogene Jugendliche werden plötzlich zu Muslimen, streng konservativ erzogene Jugendliche wenden sich linken Theorien zu, Jugendliche aus völlig unpolitischen Familien fordern plötzlich die Ausweisung aller Ausländer.

2. Im nächsten Schritt brechen die Betroffenen mit ihrem bisherigen Umfeld. Sie kommen vielleicht kaum noch nach Hause, weil die Eltern ohnehin nur streiten, oder gehen nicht mehr in die Schule, weil sie dort drangsaliert werden. In ihrer neuen Gruppe fühlen sie sich wohler, hier gehören sie dazu, sind nicht allein und erhalten oft Aufgaben und Posten, die ihnen ein neues Selbstwertgefühl verleihen. Um dazuzugehören, passen sich die Betroffenen der Gruppe immer mehr an, übernehmen Kleidungsstil, Sprechweise, Musikgeschmack – und nach und nach auch die extremistische Ideologie. Die Betroffenen verinnerlichen allmählich den Glauben der Gruppe an einen gemeinsamen Feind (zum Beispiel die Ausländer, den Staat und Unternehmen oder die Ungläubigen) und an ein gemeinsames Ziel (die Neuordnung der Gesellschaft nach ihren Vorstellungen). Oft versuchen sie, die Menschen aus ihrem früheren Umfeld von ihrer neuen Weltsicht zu überzeugen. Doch Freunde und Familie reagieren häufig ablehnend, kritisch und besorgt auf die plötzliche Verhaltensänderung. Diese Kritik wiederum bestätigt die Betroffenen oft in ihren extremistischen Einstellungen. Umso mehr ziehen sie sich von ihren Familien und ihren alten Freunden zurück.

Im schlimmsten Fall hören die Betroffenen ganz auf, eigenständig zu denken und gehorchen nur noch blind. Das geht so weit, dass Islamisten, die nach Syrien gereist waren, gar nicht genau erklären können, warum sie überhaupt in den Krieg gezogen sind. Sie hatten einfach gehorcht und die Ausreise nicht mehr infrage gestellt.

3. Im letzten Schritt haben die Betroffenen die Ideologie ihrer Gruppe so weit verinnerlicht, dass sie nun mit den gesellschaftlichen Regeln und Gesetzen des Landes brechen, in dem sie leben. Sie sind überzeugt davon, dass die Gesellschaft, so wie sie im Moment ist, dringend verändert werden muss. Sie nehmen an Aktionen teil, bei denen sie bewusst gegen das Gesetz verstoßen. Wenn sie dann inhaftiert werden, fühlen sie sich meist in ihrem Hass auf die Gesellschaft bestätigt. Manche finden im Gefängnis Gleichgesinnte und werden von ihnen noch weiter radikalisiert. Andere hingegen ziehen sich nach der Haft von der Gruppe zurück.

Für Islamisten kann der Radikalisierungsprozess sogar in einem Kriegsgebiet enden: Wenn sie sich wegen ihres Glaubens in Deutschland nur noch diskriminiert fühlen und hier keine Zukunft für sich sehen, entscheiden sich Islamisten manchmal zu einem drastischen Schritt. Sie verlassen die westliche Gesellschaft, zu der sie sich nicht mehr zugehörig fühlen, und reisen in ein Land, in dem die extremistischen Ziele scheinbar schon erreicht sind. Dass das nicht stimmt, merken sie meist erst zu spät (s. S. 106, Kapitel fünf – Islamismus).

Radikalisierung im Internet

Bevor es soziale Medien gab, entstand der erste Kontakt mit extremistischen Gruppen meist über direkte Freunde. Heutzutage aber radikalisieren sich Menschen immer häufiger im Internet, ohne überhaupt andere Gleichgesinnte persönlich kennenzulernen. Das Internet ist vom Grundgedanken her ein freier Ort. Alle können schreiben und posten, was sie wollen. Deshalb finden sich dort neben vielen positiven Beiträgen auch Beleidigungen, Hetze gegen Minderheiten, Aufrufe zu Straftaten sowie Videos von Krieg und Gewalt, die in den sozialen Medien wie Facebook und YouTube zwar häufig gelöscht werden, bis dahin aber schon viele Male angeklickt und weiterverbreitet wurden.

Außerdem kommt man in der Anonymität des Internets schneller mit Menschen ins Gespräch. Das kann gefährlich sein, denn niemand weiß, wer sich auf der anderen Seite verbirgt. Das machen sich Extremisten zunutze. Sie sprechen in sozialen Netzwerken und Foren Menschen an, die Interesse an ihrer Ideologie haben könnten. Wenn diese dann im Chat von sich selbst, ihren Problemen und Sorgen erzählen, erfahren sie zunächst Zustimmung, Trost und Rat – und schließlich vermitteln diese Internetbekanntschaften sie dann zur nächstgelegenen rechtsradikalen Kameradschaft, linksautonomen Gruppe oder islamistischen Moschee. Von jenen Islamisten, die von Deutschland aus in den Krieg nach Syrien oder in den Irak gereist sind, wurde knapp die Hälfte unter anderem im Internet radikalisiert. Gerade um junge Menschen anzuwerben, haben zum Beispiel Islamisten – allen voran der IS – spezielle Strategien entwickelt.

Männer sollen durch schnell geschnittene Musikvideos mit Waffen, Panzerjeeps und Männern in Kampfmontur oder durch verfremdete Computerspiele wie *Call of Jihad* (statt *Call of Duty*), in denen der Spieler Anschläge verübt[24], gezielt angesprochen werden. Dabei wird mit IS-Kämpfern geworben, als wären sie Popstars. Männer sollen also erreicht werden, indem ihnen von Kampferlebnissen, von der engen Gemeinschaft mit den Glaubensbrüdern oder von hübschen, folgsamen Ehefrauen vorgeschwärmt wird.[25]

Frauen erreichen die Islamisten eher durch Vorträge und Predigten, in denen es etwa um das Leben einer muslimischen Ehefrau oder um islamische Kindererziehung geht. In sozialen Netzwerken bieten Islamistinnen emotionale Unterstützung an, ermutigen ihre Glaubensschwestern darin, religiöse Regeln zu befolgen und sich von »Ungläubigen« fernzuhalten. Bisweilen werden junge Frauen im Internet auch von Islamisten angesprochen, die gezielt nach einer Ehefrau für sich selbst oder einen Freund suchen, und diese Frau dann zu einer Ausreise zu ihrem künftigen Ehemann ermuntern.

Von ihrer Radikalisierung scheinen zunächst nur die Extremisten selbst und ihre Freunde und Familie betroffen zu sein. Doch wenn sich immer mehr – vor allem junge – Menschen radikalisieren, leidet darunter letztendlich die gesamte Gesellschaft. Doch warum ist das so? Was ist so schlimm an extremistischen Einstellungen?

Warum ist Extremismus gefährlich?

Nun könnte man sagen, dass die Meinungsfreiheit zu den Grundrechten gehört, also jeder denken, glauben und sagen kann, was er will.

Warum also sollten Muslime sich nicht streng an die Regeln des Koran halten und die Glaubensferne in unserem Land kritisieren?

Warum sollten Deutsche nicht stolz sein auf ihr Land und gegen die ständige Erinnerung an zwölf Jahre Nazidiktatur protestieren?

Warum sollten sich Menschen nicht über Konsumsucht, Verschwendung und die Macht der Großunternehmer beschweren und eine Gesellschaft mit mehr Teilhabe für alle fordern?

Tatsächlich hat in einem demokratischen Verfassungsstaat jeder das Recht, Missstände zu kritisieren. Grundlegende Rechte wie Versammlungsfreiheit, Meinungsfreiheit, Pressefreiheit oder das Recht, Gerichtsurteile anzufechten – all diese Rechte sollen den Menschen genau das ermöglichen: Dass sie sich gegen mögliches Unrecht im und durch den Staat wehren können. Das ist nicht nur ein Recht, das ist eine moralische Pflicht. Wenn Menschen wegen ihrer Hautfarbe oder sexuellen Orientierung, wegen ihres Glaubens oder Geschlechts diskriminiert werden, sollte jeder dagegen protestieren, auch wenn sie oder er nicht selbst betroffen ist. Wenn die Regierung plötzlich politische Gegner verhaften ließe, sollten auch die Menschen dagegen auf die Straße gehen, die die politische Einstellung der Verhafteten nicht teilen. Protest ist unverzichtbarer Bestandteil einer Demokratie und einer freien Gesellschaft.

Also müssen wir auch Extremisten das Recht zubilligen, ihre Meinung frei zu äußern. Sie dürfen fordern, dass Ausländer keine Sozialhilfe und kein Kindergeld mehr erhalten, sie dürfen verlangen, dass Frauen sich um Haus und Familie kümmern sollen, statt arbeiten zu gehen, sie dürfen auch Demokratie und Menschenrechte infrage stellen. Solange sie niemandem direkt schaden – also Gewalt anwenden, andere Menschen aktiv diskriminieren oder zu Straftaten aufwiegeln – ist eine extremistische Gesinnung nicht illegal, eben weil es ein Menschenrecht ist, denken und sagen zu dürfen, was man will (mit wenigen Ausnahmen wie etwa die Leugnung der Schoah). Extremistische Einstellungen kann man nicht verbieten. Und solange die extremistische Gruppe relativ klein bleibt, wird sie dem Staat als Ganzes auch nicht gefährlich. Aber da es das Ziel extremistischer Gruppen ist, dem Staat gefährlich zu werden, versuchen sie meist, immer neue Anhänger zu werben und ihre Ideologie zu verbreiten. Wenn schließlich die Mehrheit der Bürger nicht mehr an die Demokratie glaubt und stattdessen extremistische Parteien an die Macht wählt, könnte das das Ende einer Demokratie bedeuten. Im deutschen Grundgesetz gibt es zwar die sogenannte Ewigkeitsklausel, die verhindern soll, dass Grundlagen des demokratischen Verfassungsstaats abgeschafft werden, (s. S. 145, Kapitel sechs – Was der Staat und Organisationen gegen Extremismus tun), doch auch die kann die freiheitlich-demokratische Grundordnung nicht schützen, wenn die gewählten extremistischen Parteien einen Umsturz vornehmen sollten. Und genau das ist das Schlimme am Extremismus: Wenn zu viele Menschen extremistische Einstellungen vertreten, ist die Demokratie in Gefahr. Und damit die Grundrechte, die für jeden gelten. Auch für Extremisten.

Wie die Ablehnung des demokratischen Verfassungsstaats einer Gesellschaft und jedem einzelnen Menschen in ihr gefährlich werden kann, zeigt ein Blick in die relativ kurze Geschichte des Extremismus.

KAPITEL DREI

Eine kurze Geschichte des modernen Extremismus

Widerstand gegen Staatsformen, in denen alle Bürger bei politischen Entscheidungen mitreden dürfen, gab es schon immer. Die Wurzeln der modernen Demokratie liegen in der Antike, also im alten Griechenland und im römischen Imperium. Damals debattierten Philosophen und Gelehrte – etwa Aristoteles und Platon – über die gerechtesten Herrschaftsformen, und die Demokratie war nur eine davon. Sie waren sich noch nicht einig darüber, ob eine Mitbestimmung aller Bürger (zu denen damals allerdings weder Frauen noch Sklaven zählten) wirklich die beste Herrschaftsform sei. Kritiker der Demokratie betonten, dass eine Autokratie, also die Herrschaft einer einzelnen Person oder einer kleinen Gruppe, gerade in Kriegszeiten praktischer sei, wenn schnelle Entscheidungen getroffen werden müssten. Die Antike war eine Zeit politischer Experimente, vieler Umbrüche und ständiger Wechsel zwischen Herrschaftsformen.

Den Extremismus, wie wir ihn heute verstehen (s. S. 19, Kaptiel zwei – Was ist Extremismus), gibt es frühestens seit dem 18. Jahrhundert, als in Europa und den USA die ersten modernen Demokratien entstanden. 1689 unterzeichnete Wilhelm III. in England die *Bill of Rights*, die dem Parlament wichtige Rechte zusicherte und zum ersten Mal Bürgerrechte formulierte. Genau einhundert Jahre später verkündeten die französischen Revolutionäre in Paris die Menschenrechte. In den USA erklärten sich die europäischen Siedler 1776 für unabhängig und entwarfen in den darauf folgenden Jahren mehrere Verfassungen für einzelne US-Staaten.[1] Und auch wenn es die damaligen Politiker und Revolutionäre in Europa und den USA zunächst nicht schafften, funktionierende Demokratien zu errichten – der Weg hin zu den ersten demokratischen Verfassungsstaaten mit allgemein gültigen Menschenrechten in der westlichen Welt war betreten.

Im 19. Jahrhundert entstanden in den arabischen Ländern die ersten anti-westlichen Strömungen. Sie richteten sich gegen die Kolonialpolitik der Europäer, vor allem der Franzosen und Briten, die weite Teile der arabischen Welt besetzt hielten. Um ihre Macht zu festigen, führten die Besatzer ihr eigenes Rechts- und Gesellschaftssystem ein. Das islamische Recht wurde für ungültig erklärt. Viele Muslime fühlten sich dadurch gedemütigt. Islamische Gelehrte verkündeten, dass der Islam nicht mit den Werten und dem gesellschaftlichen und politischen System der Kolonialmächte vereinbar sei. Außerdem sahen sie die Ursache für den wirtschaftlichen und technischen Rückstand der muslimischen Länder darin, dass die Muslime nicht mehr dem »wahren Islam« anhingen. Denn – so glaubten sie – die westlichen Mächte konnten die muslimischen Länder nur unterwerfen, weil die Muslime ihrem Glauben untreu geworden waren und sich dem Westen angepasst hatten. Im Zuge dieser Debatten und Lehren entstanden in der zweiten Hälfte des 19. Jahrhunderts die ersten islamistischen Gruppierungen. In Ägypten gründete sich die Gruppe der Salafisten, die heute auch in Deutschland bekannt ist und Werbung für eine sehr strenge Form des Islam macht.[2] Sie fordern, dass Muslime ihren Glauben wieder so leben sollen, wie es zur Zeit des Propheten Mohammed üblich war.

Mitte des 20. Jahrhunderts wurde die Welt zum ersten Mal auf jüdische Extremisten aufmerksam. Sie kämpften in den Gebieten des heutigen Israel sowohl gegen die britischen Machthaber als auch gegen die arabischen Bewohner der Region. Ihr Ziel war es, die Briten, die seit 1922 das Mandat über Palästina hatten, aus der Gegend zu vertreiben und einen jüdischen Staat zu errichten. Um dieses Ziel zu erreichen, verübten sie Attentate und töteten auch Zivilisten.

Zeitgleich – und auch nach der Gründung des Staates Israel 1949 – kämpften palästinensische Extremisten gegen einen jüdischen Staat, verübten Anschläge und organisierten weltweite Proteste. Bald wurden in der Region auch Selbstmordattentäter aktiv. Das sind Extremisten, die ihre Ziele damit durchzusetzen versuchen, dass sie möglichst viele Menschen auf einmal töten und dabei auch ihren eigenen Tod in Kauf nehmen. Das erste extremistische Selbstmordattentat der modernen Geschichte verübten drei Japaner am 30. Mai 1972 in einem israelischen Flughafen. Sie erschossen 23 Menschen. Alle drei Täter waren zum Selbstmord bereit, zwei wurden erschossen, der dritte konnte festgenommen werden.[3]

Extremisten bleiben nicht immer kleine Randgruppen, auch wenn sie zunächst so anfangen. Das ist eindrücklich an der Geschichte der Weimarer Republik, der ersten deutschen Demokratie, zu erkennen.

Rechtsextremismus in der deutschen Geschichte

In der Weimarer Republik gab es am äußersten linken Rand die Kommunistische Partei Deutschlands (KPD), während sich gleichzeitig rechts außen die Nationalsozialistische Deutsche Arbeiterpartei (NSDAP) formierte. Beide akzeptierten die Weimarer Republik nicht und kämpften für eine andere Gesellschaftsordnung.

Die rechtsextremistische NSDAP propagierte Antisemitismus, Nationalismus und Rassismus. 1932 erhielt sie die Mehrheit der Stimmen, ein Jahr später wurde Adolf Hitler neuer Reichskanzler und verbot noch im gleichen Jahr die Neubildung anderer Parteien. Deutschland wurde damit zu einem Ein-Parteien-Staat, die Demokratie im Land war abgeschafft.[4] Die Nationalsozialisten führten über zwölf Jahre ein Terrorregime, das nicht nur den Zweiten Weltkrieg mit seinen 60 bis 70 Millionen Toten zu verantworten hatte, sondern auch den Mord an über sechs Millionen Juden, 500000 Sinti und Roma, 200000 psychisch und körperlich Kranken, zahlreichen Homosexuellen, politischen Gegnern und anderen Menschen, die nicht ins Weltbild der nationalsozialistischen Ideologie passten. Gleich nach Kriegsende 1945 wurde die NSDAP verboten, ihre Nachfolgerorganisation, die Sozialistische Reichspartei (SRP), dann 1952.

Aber schon in den 1960er-Jahren begannen sich Menschen mit rechtsextremistischer Einstellung in Deutschland neu zu organisieren.[5] 1964 wurde die Nationaldemokratische Partei Deutschlands (NPD) gegründet und fand viele Anhänger, die mit der damaligen Politik der SPD nicht einverstanden waren. Es war ein politischer Umbruch – der Wechsel von einer CDU- zu einer SPD-geführten Regierung 1969, die den Rechten Aufwind gab. Wie schon in den Jahren nach 1929 die Weltwirtschaftskrise der NSDAP neue Wähler brachte, so gewann auch die NPD in der zweiten Hälfte der 1960er-Jahre während einer Wirtschaftskrise weitere Wählerstimmen und zog 1969 mit 4,3 Prozent beinahe in den Bundestag ein. Befeuert wurde die Neonazi-Bewegung dadurch, dass immer mehr Gastarbeiter, vor allem aus der Türkei und Italien, angeworben wurden, um in Deutschland dort auszuhelfen, wo Arbeitskräfte fehlten. In den 1970er-Jahren bildeten sich immer mehr gewalttätige neonazistische Kampfgruppen. Ein weiterer politischer Umbruch stärkte rechtsextremistische Gruppen in den 1980er-Jahren. Damals kündigten sich in Ostdeutschland und Osteuropa einschneidende Veränderungen an, Flüchtlinge aus osteuropäischen Ländern und der ehemaligen DDR kamen im Westen an, außerdem war die Arbeitslosigkeit sehr hoch, gleichzeitig wurden die Sozialausgaben gesenkt. Durch die Globalisierung verlor zudem der Nationalstaat an Bedeutung. Die mit diesen politischen und sozialen Veränderungen einhergehende Unsicherheit ließ rechtsextremistische Gruppen in den 1990er-Jahren noch einmal anwachsen. An den Wählerzahlen zeigte sich das allerdings nicht. Die NPD erreichte bei der ersten gesamtdeutschen Bundestagswahl im Dezember 1990 gerade einmal 0,3 Prozent.

Linksextremismus in der deutschen Geschichte

Die Ende 1918 gegründete KPD strebte eine kommunistische Gesellschaft an, ihr Vorsitzender Ernst Thälmann orientierte sich stark an der Politik der Sowjetunion. Unter der Herrschaft der Nationalsozialisten wurden Kommunisten verfolgt, verhaftet und ermordet, viele flohen ins Ausland, rund 20000 starben in Konzentrationslagern. Nach dem Ende des Zweiten Weltkrieges wurde die Partei wieder aufgebaut und zog 1949 in Westdeutschland in den Bundestag ein, allerdings mit nur 5,7 Prozent. 1956 wurde die KPD in Westdeutschland vom Bundesverfassungsgericht verboten, da die Ziele der Partei nicht mit der freiheitlich-demokratischen Grundordnung vereinbar waren.[6] Als Nachfolgepartei wurde 1968 die Deutsche Kommunistische Partei (DKP) gegründet, die bis heute vom Verfassungsschutz beobachtet und als linksextremistisch eingestuft wird. Ziel der DKP ist es, die politische Mehrheit zu erreichen, um in Deutschland ein sozialistisches System zu errichten. Bei der Bundestagswahl 2017 wurde die DKP von nur 11558 Wählern gewählt, das sind 0,025 Prozent aller gültigen Stimmen.

Zwischen den 1970er- und 1990er-Jahren waren in Deutschland außerdem linksterroristische Gruppen aktiv, allen voran die Rote Armee Fraktion (RAF). Sie ermordete 34 Menschen, verübte zahlreiche Entführungen, Banküberfälle und Brandstiftungen. Opfer waren vor allem Politiker, Führungskräfte aus der Wirtschaft und deren Mitarbeiter sowie Staatsbedienstete und US-amerikanische Soldaten. Mehr als 200 Menschen wurden bei Anschlägen der RAF verletzt. Die RAF kritisierte, dass die nationalsozialistische Vergangenheit Deutschlands nicht ausreichend aufgearbeitet werde, dass der Unterschied zwischen Arm und Reich zu groß und das politische System der BRD nicht demokratisch genug sei. Mit ihren Anschlägen wollten sie ursprünglich eine Revolution heraufbeschwören. Aber als die vier führenden Mitglieder der RAF inhaftiert wurden, war das vorrangige Ziel der neuen Mitglieder, die Anführer freizupressen. Im Jahr 1977, dem sogenannten Deutschen Herbst, erreichte die Zahl der linksextremistisch motivierten Morde, Entführungen und Anschläge ihren Höhepunkt. In den Jahren darauf wurden die meisten Mitglieder der RAF verhaftet. 1998 löste sich die RAF auf.[7]

Extremistische Parteien hatten in Westdeutschland in den Jahren direkt nach dem Zweiten Weltkrieg also wenig Erfolg. Das lag sowohl an den traumatischen Erlebnissen im Dritten Reich und im Zweiten Weltkrieg als auch daran, dass es den Menschen in Westdeutschland in den Jahrzehnten nach dem Krieg immer besser ging. Die Arbeitslosigkeit war gering, die Menschen konnten sich mehr kaufen, die meisten hatten ein Auto, eine Wohnung oder gar ein Haus und fuhren einmal im Jahr in den Urlaub. Wer das System stürzen wollte, konnte in dieser Zeit kaum Wählerstimmen gewinnen.[8]

Im Osten Deutschlands waren Extremisten dagegen erfolgreich. Auf Druck der sowjetischen Besatzungsmacht schlossen sich 1946 die SPD und die KPD in Ostdeutschland zur Sozialistischen Einheitspartei Deutschlands (SED) zusammen. Ziel der Partei war es, Deutschland nach dem Zusammenbruch des Dritten Reichs als sozialistischen Staat wieder aufzubauen. Dieses Ziel setzte die Partei mit Unterstützung der Sowjetunion schließlich ab 1949 in Ostdeutschland um. Die DDR war ein sozialistischer Staat ohne Gewaltenteilung, ohne freie Wahlen und ohne Achtung der Menschenrechte. Großgrundbesitzern wurden beispielsweise etwa 3,2 Millionen Hektar Land entschädigungslos weggenommen[9] (das war ein Drittel der gesamten Fläche der DDR), rund 250 000 Menschen saßen in der DDR aus politischen Gründen im Gefängnis[10]. Wer nicht einer Meinung mit der SED war – oder sie gar kritisierte – musste mit Repressalien rechnen. Nach der Wiedervereinigung 1990 benannte sich die SED in die Partei des Demokratischen Sozialismus (PDS) um.[11] Bei der ersten Bundestagswahl nach der Wiedervereinigung zog mit der PDS zum ersten Mal nach 1949 eine linksextreme Partei in den Bundestag ein. Zwar verlor die PDS bis 2003 immer mehr Mitglieder, dennoch wurde sie regelmäßig in die ostdeutschen Landtage gewählt. Im Juni 2007 schloss sie sich mit der Wahlalternative Arbeit und soziale Gerechtigkeit (WASG), die sich von der SPD abgespalten hatte, zu der Partei Die Linke zusammen[12], deren Abgeordnete zum Teil bis 2014 vom Verfassungsschutz beobachtet wurden. Einige Gruppen innerhalb der Partei gelten noch immer als extremistisch.

KAPITEL VIER

Politischer Extremismus

Wenn von Extremismus die Rede ist, ist meistens politischer Extremismus gemeint. Und der wiederum wird in der Regel in Links- und Rechtsextremismus unterschieden. Seit Islamisten immer häufiger auch in der westlichen Welt Anschläge verüben, sprechen Experten zudem oft von religiösem Extremismus. (Mehr zum religiösen Extremismus ab S. 105.)

Links- und Rechtsextremisten ähneln sich in manchen Punkten: Sie halten ihre jeweilige Ideologie in der Regel für die einzig richtige, wollen die Gesellschaft radikal nach ihren Vorstellungen verändern und wenden dabei auch Gewalt an. In ihrer Vorstellung, wie eine bessere Gesellschaft aussehen sollte, unterscheiden sie sich jedoch fundamental. Was Rechts- und Linksextremismus ist, zeigen die Geschichten zweier Männer, die unterschiedlicher kaum sein könnten. Der eine hat die Schoah geleugnet und ein Deutschland nur für Deutsche gefordert. Der andere lehnt das Machtmonopol des Staates ab und wünscht sich eine Gesellschaft ohne Herrschaft. Der eine ist ausgestiegen aus der Szene und klärt über Rechtsextremismus auf. Der andere kämpft weiter für seine Überzeugungen und hofft, dass die Gesellschaft irgendwann für einen radikalen Wandel bereit ist.

RECHTSEXTREMISMUS

Matthias Adrian[1] lebte in den 1980er-Jahren mit seinen Eltern und zwei jüngeren Brüdern in einer Kleinstadt in Südhessen. Seine Mutter war Hausfrau und kümmerte sich um die drei Söhne, der Vater leitete einen eigenen Handwerksbetrieb. Die Eltern wählten CDU, gingen in die katholische Kirche, die deutsche Nationalhymne begann für sie mit der ersten Strophe: »Deutschland, Deutschland über alles, über alles in der Welt …[2]« Auf Familienfeiern erzählten die älteren Verwandten, die den Nationalsozialismus noch miterlebt hatten, von der »guten alten Zeit«, ehemalige Wehrmachtssoldaten schwärmten von ihren Kriegsabenteuern. »Bei Hitler hätte es so etwas nicht gegeben«, hörte Matthias immer wieder, wenn sie von Ausländern in Deutschland sprachen, von Punks oder Obdachlosen. Er war fünf Jahre alt, und die »gute alte Zeit« klang für ihn so aufregend, dass er selbst gern ein paar Jahrzehnte früher gelebt hätte. Als er im Geschichtsunterricht von den Gaskammern in Konzentrationslagern, von Pogromen gegen Juden und den Verbrechen der Nazis hörte, war er geschockt. »Was die euch erzählen, darfst du nicht alles glauben«, beruhigten ihn die Großeltern. Und: »Die Juden mochte doch sowieso niemand.[3]« Matthias glaubte lieber seinem Opa und den Texten, die er irgendwann in einer rechtsextremistischen Zeitung las: Darüber, dass die Juden nie verfolgt worden waren, dass die Deutschen nach dem Zweiten Weltkrieg umerzogen wurden und dass Ausländer den Deutschen die Jobs wegnehmen.

Die Geschichten seines Großvaters und die konservative Einstellung seiner Eltern prägten Matthias, das Weltbild seiner Familie leuchtete ihm ein. Er war 14 Jahre alt, als er mit anderen Jugendlichen seine erste Kameradschaft gründete. Sie schmierten Hakenkreuze an Hauswände, suchten im Stadtwald nach Bunkern und trugen Uniformen der Nationalen Volksarmee, die sie an die Wehrmacht der Nationalsozialisten erinnerten. Mit 18 Jahren trat Matthias Adrian in die rechtsextremistische NPD ein und saß bald schon im hessischen Landesvorstand der Jungen Nationaldemokraten. Er trug die schwarzen Haare zur Seite gekämmt, unter der Nase ein Hitlerbärtchen und ließ sich so für seinen Personalausweis fotografieren.[4] In seiner Wohnung hingen Bilder von Hitler und anderen Nationalsozialisten, auf eine Wand hatte er ein Hakenkreuz gemalt. Matthias stieg in der rechten Szene in Hessen auf. Er veranstaltete Märsche mit Fackeln und Reichskriegsflaggen auf einem Soldatenfriedhof, war in Wehrsportgruppen aktiv und unterstützte die »Hilfsgemeinschaft für nationale politische Gefangene und deren Angehörige«, die sich für inhaftierte Rechtsextremisten einsetzt.

Dann wurde seine Freundin von der Polizei festgenommen. Das änderte alles.

Wer sind Rechtsextremisten?

Zehn Jahre lang war Matthias Adrian ein Rechtsextremist. Damit gehörte er zu jener politischen Strömung, die den Wert eines Menschen daran misst, welcher Nation und Ethnie er angehört.[5] Rechtsextremisten halten Menschen anderer Kulturen (insbesondere Juden), Menschen mit geistiger und körperlicher Behinderung, Homo- und Transsexuelle, aber auch Frauen für weniger wertvoll als (männliche) »reinrassige« Deutsche.

Rechtsextremisten werden meist in Nationalisten und Rassisten unterschieden, wobei sich beide Gruppen überschneiden können.

Nationalisten wollen, dass in ihrem Land nur Menschen der eigenen Gruppe leben, also in Deutschland nur Menschen, die seit mehreren Generationen Deutsche sind. Sie halten ihre eigene Nation für wichtiger als jedes andere Land und wollen die Interessen ihrer Nation ohne Rücksicht auf die Bedürfnisse anderer Länder und Kulturen durchsetzen.

Rassisten glauben daran, dass Menschen nicht nur verschiedene Hautfarben und Gesichtszüge haben, sondern sich abhängig von ihrer ethnischen Abstammung auch unterschiedlich verhalten, verschiedenartige Moralvorstellungen und unterschiedliche Intelligenz besitzen. Sie halten die eigene Ethnie für klüger, fleißiger und insgesamt wertvoller als alle anderen Volksgruppen. Im eigenen Land wollen Rassisten Menschen anderer Ethnien weniger Rechte zugestehen als der einheimischen Bevölkerung. Auch die Unterdrückung anderer Volksgruppen – zum Beispiel in europäischen Kolonien – wurde mit rassistischen Ansichten begründet. Man behauptete, die Menschen in den Kolonien, zum Beispiel in Afrika, seien weniger gebildet und nicht so ehrgeizig und bräuchten daher die Hilfe der Europäer, um sich zu entwickeln. In Wirklichkeit beuteten die Europäer diese Menschen aber nur aus.[6]

Viele Menschen stellen sich den typischen Rechtsextremisten so vor: ein junger Mann mit kahl geschorenem Kopf, Bomberjacke, grimmigem Blick, arbeitslos und wenig gebildet. Das stimmt aber nur für einen kleinen Teil. Rechtsextremisten erkennt man nicht unbedingt an ihrem Aussehen, sie sind auch nicht alle besonders ungebildet, gerade Rechtsextremisten in hohen Parteifunktionen haben sogar eher eine gute Ausbildung und sind berufstätig. Ein paar Zuordnungen stimmen allerdings: Der typische Rechtsextremist ist jung, männlich und hat Angst um seine Zukunft. Manche sorgen sich um ihren Job oder finden keine bezahlbare Wohnung[7], andere beunruhigt es, dass es weniger traditionelle Vater-Mutter-Kind-Familien gibt, oder sie fürchten sich davor, dass zu viele Ausländer in Deutschland wohnen. Was erstaunlich klingt: Gerade Menschen, die wenig Kontakt zu Ausländern, Homosexuellen oder Behinderten haben, vertreten eher eine rechtsextremistische Weltsicht als Menschen mit vielfältigen Kontakten. Das zeigt sich eindrücklich am Aufstieg der Partei Alternative für Deutschland (AfD), die vor allem in ostdeutschen und in ländlichen Regionen gewählt wurde, in denen es kaum Einwanderer gibt. In kleinen, geschlossenen Gesellschaften, die besonders konservativ geprägt sind und in denen alles Neue und Unbekannte oft abgelehnt wird, gibt es daher eher Rechtsextremisten als in großen Städten.

Nach Schätzungen des Verfassungsschutzes leben in Deutschland etwa 23100 Rechtsextremisten. Das klingt bei gut 80 Millionen Einwohnern zunächst ziemlich wenig. Doch eine rechte Weltanschauung vertreten deutlich mehr Menschen, auch wenn sie nicht als rechtsextremistisch gelten. Mehr als jeder zehnte Mensch in Deutschland wünscht sich zum Beispiel einen »starken Führer«, elf Prozent glauben, Juden hätten zu viel Einfluss in der Welt, zwölf Prozent halten die Deutschen anderen Völkern gegenüber für überlegen, und jeder Dritte glaubt, Deutschland sei überfremdet.[8]

Rechtsextremisten gehören meist zu einer oder mehreren der folgenden Gruppierungen:

Neonazis

Sie sind eine der größten rechtsextremistischen Gruppen, oft werden die Begriffe »Rechtsextremist« und »Neonazi« sogar synonym verwendet. Neonationalisten hängen noch immer dem Gedankengut der Nationalsozialisten an. Nach dem Vorbild des »Dritten Reichs« wollen sie in Deutschland wieder einen totalitären Führerstaat mit einer homogenen, ausschließlich »deutschen Volksgemeinschaft« errichten. Sie leugnen die Verbrechen der Nationalsozialisten, vor allem die Schoah, und verlangen, dass sich jeder Einzelne der »Volksgemeinschaft« unterordnet. Nach der Wiedervereinigung stieg ihre Zahl in den 1990er-Jahren stark an, zahlreiche neonationalistische Gruppierungen wurden verboten. In den letzten Jahren hat sich die Zahl der Neonazis in Deutschland allerdings kaum noch verändert.[9] Laut Verfassungsschutz gelten 5800 Personen in Deutschland als Neonazis.

Skinheads

Man erkennt sie leicht an ihren kahl geschorenen Köpfen, den Springerstiefeln und Bomberjacken. Doch nicht jeder Skinhead ist ein Rechtsextremist. Als Skinheads wurden ursprünglich die Anhänger einer britischen Jugendkultur bezeichnet, die vor allem auffallen, provozieren und Spaß haben wollten. Dazu gehört für viele auch, mit rechtsextremistischen Parolen und Gewalttaten auf sich aufmerksam zu machen.[10] In Deutschland war die Szene besonders in den 1980er- und 1990er-Jahren aktiv.

Nationalsozialistischer Untergrund (NSU)

Der NSU ist nur ein Beispiel für jene rechtsextremistischen Gruppen, die sich zusammenschließen, um mit Terror und Gewalt ihre Ziele durchzusetzen. Mehr als 13 Jahre lang war der NSU aktiv. Die drei Mitglieder haben den Tod von neun Menschen mit Migrationshintergrund und einer Polizistin zu verantworten, sie haben Menschen mit selbst gebauten Bomben verletzt und Banken überfallen. Die beiden Männer begingen 2011 Selbstmord, die Frau, Beate Zschäpe, sowie vier mögliche Helfer stehen seit 2013 wegen Mordes und Beihilfe zum Mord vor Gericht. Wie viele Menschen den NSU außerdem unterstützt haben, ist umstritten, gegen einige »hilfsbereite Kameraden« wird ermittelt. Der NSU-Untersuchungsausschuss kritisierte vor Gericht, dass

Polizei und Verfassungsschutz jahrelang in die falsche Richtung ermittelt und ein fremdenfeindliches Motiv viel zu lange nicht in Erwägung gezogen hatten.[11]

Kameradschaften, Bürgerwehren und Initiativen

Bevor die drei Mitglieder des NSU sich zu einer Terrorgruppe zusammenschlossen, gehörten sie verschiedenen Kameradschaften an. Auch Matthias hatte als Jugendlicher eine Kameradschaft gegründet. Das sind, ebenso wie Bürgerwehren und Initiativen (zum Beispiel gegen Flüchtlingsheime oder das Recht auf Asyl) inoffizielle Zusammenschlüsse ohne Mitgliederlisten, die deshalb auch nur schwer verboten werden können. Seit Aufdeckung des NSU geht der Verfassungsschutz aber massiver gegen diese losen rechtsextremistischen Gruppen vor.

Rechtsextremistische Parteien

Die **Nationaldemokratische Partei Deutschlands** (NPD) ist die älteste und mit 5000 Mitgliedern auch die größte rechtsextremistische Partei in der Bundesrepublik.[12] Auch Matthias Adrian engagierte sich dort. Lange Zeit war die NPD politisch auf Länderebene relativ erfolgreich. Bis 2016 war sie zehn Jahre lang im Landtag von Mecklenburg-Vorpommern vertreten, bis 2014 ebenfalls zehn Jahre lang im sächsischen Landtag. Bei der Bundestagswahl 2017 erhielt sie jedoch nur noch 0,4 Prozent der Stimmen. In der Lokalpolitik ist die NPD aber weiterhin gerade in Ostdeutschland und in ländlichen Gebieten aktiv. Offiziell distanziert sich die NPD von allen rechtsextremistischen Straftaten. Inoffiziell wollen Mitglieder der NPD allerdings ein »deutsches Reich« ohne demokratische Strukturen aufbauen.

Weitere rechtsextremistische Parteien in Deutschland sind **DIE RECHTE**, **Bürgerbewegung pro NRW** und **Der III. Weg**, die aber alle zum Teil deutlich unter 1000 Mitgliedern haben. Rechtsextremistische Parteien sind in Deutschland derzeit auf Bundesebene also weitgehend bedeutungslos. Mit einer Ausnahme: Im Augenblick zieht die Partei **Alternative für Deutschland** (AfD) viele rechte Wählerstimmen an. Sie will unter anderem die Flüchtlingszahlen begrenzen, die nationale Identität stärken und die traditionelle Familie aus Vater, Mutter und Kindern fördern.[13] Damit vertritt sie zwar einige Ziele, die auch rechtsextremistische Parteien verfolgen, als rechtsextrem gilt die Partei aber nicht. Allerdings fallen immer wieder Parteimitglieder durch rechte und rechtsextremistische Äußerungen auf.[14]

Autonome Nationalisten (AN)

Sie kleiden sich modern, hören Hip-Hop und Hardcore, übernehmen den Stil anderer Jugendkulturen (vor allem linker Gruppen) und tragen höchstens kleine und verschlüsselte Symbole, an denen man sie nur noch schwer als Rechtsextremisten erkennen kann. Bei Demonstrationen tragen sie Kapuzenpulli (vor allem bestimmter rechter Marken wie etwa Thor Steinar), Halstuch und Sonnenbrille, um sich leicht vermummen zu können.[15] Sie sind viel weniger organisiert als die meisten anderen Rechtsextremen. Oft schließen sich Autonome Nationalisten zu voneinander unabhängigen Gruppen zusammen, die jede für sich einen eigenen Stil entwickeln und verschiedene Aktionen planen, vom Verteilen rechter Flugblätter bis zu Protesten vor Flüchtlingsheimen. Was sie allerdings alle gemeinsam haben ist ihr Bekenntnis zur NS-Ideologie und die Wut auf das »herrschende System«. Die AN sind inzwischen unter Jugendlichen viel populärer als die Skinheads, sie gelten als sehr gewaltbereit und greifen gezielt politische Gegner an.[16]

Identitäre Bewegung

Anfangs waren sie nur ein Internetphänomen. Sie nutzen Blogs, Musikvideos, Twitter und andere Kanäle im Internet, um ihre Botschaft zu verbreiten. Sie glauben, das christliche Abendland sei durch die Zuwanderung von Menschen anderer Kulturen und Religionen in Gefahr und befürchten, die Bevölkerung in Europa solle gegen eine muslimische Bevölkerung »ausgetauscht« werden. Im Herbst 2012 fielen sie erstmals mit einer Offline-Aktion auf, in Frankreich hissten sie auf der Baustelle einer Moschee ein Transparent, dass ihren Kampf gegen drohendes Unheil verkündete. Kurz darauf störten sie in Frankfurt am Main die Interkulturellen Wochen mit einem Flashmob. Seither fallen sie immer wieder mit europaweiten Offline-Aktionen auf, organisieren Flashmobs, verteilen Flyer, besetzen die Büros anderer Parteien oder einmal sogar das Brandenburger Tor.[17]

Reichsbürger

Seit 2016 beobachtet der Verfassungsschutz die Szene der sogenannten Reichsbürger. Zu dieser Gruppe gehören etwa 10 000 Menschen in Deutschland, 500 bis 600 von ihnen gelten als rechtsextremistisch. Sie erkennen die Bundesrepublik Deutschland nicht als Staat an und wollen sich deswegen von der deutschen Regierung, von Polizei und Politikern nichts sagen lassen, sie drucken ihre eigenen Ausweise und versuchen keine Steuern zu zahlen. Viele Reichsbürger besitzen Waffen, die sie, laut Bericht des Verfassungsschutzes, am ehesten gegen Polizisten und Gerichtsvollzieher einsetzen würden, also gegen jene Menschen, die Gesetze und Forderungen des Staates durchsetzen sollen. Das kam bereits vor: Bei einer Razzia auf dem Grundstück eines Reichsbürgers im Herbst 2016 erschoss dieser einen Polizisten.

Ausländische Rechtsextremisten

Auch rechtsextremistische Organisationen aus anderen Ländern sind in Deutschland aktiv. Mit rund 7000 Anhängern hat der älteste Dachverband türkischer Nationalisten in Deutschland sogar mehr Mitglieder als die NPD.[18] Dazu kommen weitere türkisch-rechtsnationalistische Verbände. Alle zusammen zählen rund 18500 Mitglieder. Sie hetzen gegen Armenier und Kurden, streben ein großtürkisches Reich an und kämpfen auch in Deutschland gewaltsam gegen politische Gegner wie die kurdische PKK.

Sonstige rechtsextremistische Gruppen

Es gibt noch viele weitere rechtsextremistische Vereinigungen und viele rechtsextremistische Gruppen mit Verbindungen in andere Szenen, etwa zu Rockern, Jugendbünden[19], in die Kampfsport- oder Hooligan-Szene. Manche sind nicht gleich als rechtsextremistisch zu erkennen. Bürgerinitiativen gegen einen Moscheebau müssen zwar nicht rechtsextremistisch motiviert sein – in der Regel engagieren sich aber auch Rechtsextremisten in solchen Initiativen, um zum Beispiel neue Mitglieder für rechte Gruppen zu werben. Auch im Internet und in sozialen Medien sind Rechtsextremisten auf der Suche nach neuen Anhängern und Gleichgesinnten. Und dann gibt es noch ungezählte Rechtsextremisten, die nicht in festen Gruppen organisiert sind. Sie vernetzen sich in WhatsApp-Gruppen, auf Facebook und anderen sozialen Netzwerken, sie teilen die gleichen Ansichten und Ziele, nur einen gemeinsamen Anführer haben sie nicht.[20]

Rechtsextremismus in der Bundeswehr

Die Bundeswehr ist natürlich keine rechtsextremistische Gruppierung, sie scheint aber Rechtsextremisten anzuziehen, die sich nach einem starken Führungsstil, klaren Hierarchien und Kampfeinsätzen für ihr Land sehnen. Immer wieder gibt es in der Bundeswehr rechtsextremistische Vorfälle: Soldaten sollen die Hand zum Hitlergruß erhoben, Musik mit rechtsextremistischen Texten gehört oder verbotene Symbole wie das Hakenkreuz getragen haben. Auch ein Mitglied des NSU, Uwe Mundlos, war schon in der Bundeswehr als Rechtsextremist aufgefallen.[21] In letzter Zeit wurde besonders über einen Soldaten berichtet: Der 28-jährige Franco A. hatte sich Ende 2015 in einer Erstaufnahmeeinrichtung in Gießen als syrischer Flüchtling ausgegeben. Mit dieser falschen Identität soll er einen Terroranschlag geplant haben, für den später Flüchtlinge verantwortlich gemacht werden sollten.[22] Franco A. hatte an der Militärschule Saint-Cyr in Frankreich Staats- und Sozialwissenschaften studiert und war zu der Zeit schon mit rechtsextremistischen Aussagen in seiner Masterarbeit aufgefallen.[23] Trotzdem gab es damals keine disziplinarischen Maßnahmen gegen ihn. Nachdem Franco A. Anfang 2017 aufgeflogen war und verhaftet wurde, wurde in der Bundeswehr wegen knapp 400 weiterer rechtsextremistischer Verdachtsfälle ermittelt.[24] Vor allem linke Politiker kritisieren, Rechtsextremismus werde in der Bundeswehr nicht hart genug geahndet. Auch anderen staatlichen Institutionen, wie Polizei, Justiz und sogar dem Verfassungsschutz, wird immer wieder vorgeworfen, nicht ausreichend gegen rechtsextremistische und rassistische Einstellungen in den eigenen Reihen vorzugehen.

Gemeinsamkeiten

So verschieden die rechtsextremistischen Gruppen in Deutschland auch sind, viele grundlegende Einstellungen haben sie gemeinsam:

- Die Vorstellung, Deutschland in den Grenzen des »deutschen Reiches« von 1937 wiederherstellen zu wollen. Dazu gehörten große Teile im heutigen Polen und Gebiete in Frankreich.
- Sie betonen die guten Seiten des »Dritten Reichs«, leugnen die Schoah (was in Deutschland strafrechtlich verboten ist[25]) und fordern, dass deutsche Soldaten, die im Zweiten Weltkrieg gekämpft haben, geehrt werden.

- Deutsche ohne Migrationshintergrund sind für sie von Natur aus mehr wert als andere Völker und Kulturen. Rechtsextremisten glauben nicht daran, dass jedes Menschenleben den gleichen Wert besitzt. Für sie hängen der Wert und die Würde eines Menschen davon ab, zu welcher Ethnie (»Rasse«), Kultur und Nation sie oder er gehört.
- Sie glauben, dass Deutschlands Kultur zerfällt. Die traditionelle Familie aus Vater, Mutter und Kindern hat nicht mehr denselben Stellenwert wie früher, traditionelle Tugenden wie Gehorsam, Fleiß und Disziplin verlieren an Bedeutung, und durch Zuwanderer aus nicht-europäischen Ländern wird die deutsche Gesellschaft ebenfalls verändert. Deswegen müssen sich die Deutschen ihrer Meinung nach wieder auf alte Traditionen und Werte besinnen und »das Fremde« in Deutschland zerstören – auch mit Gewalt.
- Ihrer Meinung nach sollte Deutschland von einem starken Führer regiert werden, statt von einer demokratisch gewählten Regierung. Auch sozialistische und liberale Ideen widersprechen ihrer Vorstellung.
- Ein Feindbild, das alle Gruppen gemeinsam haben, sind »die Juden«. Juden haben schon immer in den unterschiedlichsten Ländern und Kulturen gelebt, entsprechend vielfältig sind die Ausgestaltungen des Judentums. Rechtsextremisten sehen die Juden allerdings als einheitliche Gruppe an, die für alles Übel der Welt verantwortlich gemacht wird, denen Einfluss in die höchsten Kreise der Politik und Wirtschaft nachgesagt wird

und die angeblich viel mächtiger sind, als man es sich vorstellt. Diese Judenfeindlichkeit (Antisemitismus) haben Rechtsextremisten mit Islamisten gemeinsam.

Kurz gesagt lässt sich Rechtsextremismus auf folgende Formel bringen:

Starker Nationalismus + Fremdenfeindlichkeit + Antisemitismus + konservatives und autoritäres Gesellschaftsbild + Ablehnung der Demokratie = Rechtsextremismus

Rechtsextremisten und Gewalt

Denkt man an rechtsextremistische Gewalt in der jüngeren deutschen Geschichte, dann ist häufig von einem Ereignis aus dem Jahr 1992 die Rede. Ost- und Westdeutschland waren damals erst seit knapp zwei Jahren wiedervereinigt, die Menschen – vor allem in Ostdeutschland – waren noch damit beschäftigt, den Umbruch in der Gesellschaft zu verarbeiten. Vielleicht war es die Unsicherheit über die eigene Lebenssituation, die Angst vor Arbeits- und Perspektivlosigkeit, vielleicht war es der Frust über die politischen Veränderungen, vielleicht war es aber auch schlicht Hass auf alles Fremde. Die Gründe, warum im August 1992 Anwohner und angereiste Rechtsextremisten in Rostock-Lichtenhagen eine Aufnahmestelle für Asylbewerber und ein Wohnhaus ehemaliger vietnamesischer Vertragsarbeiter anzündeten, wird man vermutlich nie ganz verstehen können. Getötet wurde niemand, doch die Bilder des brennenden

Hochhauses und der tobenden Menschen wird man wohl nie vergessen.[26] Diese Angriffe zeigten: Die Rechtsextremisten waren gut organisiert, sie waren aus ganz Deutschland nach Rostock gekommen, sie griffen in einer gemeinsamen Aktion an und erreichten zunächst auch ihr Ziel. Denn die Asylbewerber und die vietnamesischen Bewohner der angezündeten Wohnungen wurden in andere Stadtteile verlegt, die Bundesregierung schränkte das Recht auf Asyl nach den Protesten drastisch ein.[27] Ähnliche Vorfälle – zum Teil mit Toten – gab es zu dieser Zeit auch an anderen Orten, etwa in Solingen, Mölln – ein Angriff, bei dem drei Menschen ums Leben kamen – und Hoyerswerda. In den folgenden Jahren nahm die Zahl rechtsextremistischer Gewalttaten allmählich ab.

23 Jahre später brennen wieder Wohnheime von Flüchtlingen und Asylbewerbern. 2015 gab es 279 gewaltsame Angriffe auf Flüchtlingsheime, bei denen teilweise Steine in Fenster flogen oder Feuer gelegt und damit Verletzungen und Tod der Bewohner in Kauf genommen wurden.[28] Rechtsextremistische Gewalt richtet sich zwar vor allem gegen Menschen anderer Hautfarbe und Kultur, aber auch gegen Obdachlose, Homo- und Transsexuelle sowie Behinderte. Außerdem gab es in den vergangenen Jahren immer mehr Verbrechen gegen Politiker, wie zum Beispiel gegen Bürgermeister kleinerer Orte, in denen besonders viele Asylbewerber aufgenommen wurden. 2016 registrierte der Verfassungsschutz 22471 rechtsextremistische Straftaten, die höchste Zahl in den vergangenen acht Jahren. 1600 davon waren Gewalttaten.[29] Etwa die Hälfte der Rechts-

extremisten in Deutschland galt 2016 laut Verfassungsschutz als gewaltbereit, das sind rund 12000 Menschen, so viele wie noch nie, seit diese Gruppen gezählt werden. Die Hemmung, anderen Menschen Gewalt anzutun, sie zu schlagen, zu treten oder gar umzubringen, sinkt damit unter Rechtsextremisten. Ein Großteil dieser rechtsextremistischen Gewalttaten wurde in Ostdeutschland verübt.

Warum ausgerechnet Ostdeutschland?

Warum werden ausgerechnet in Ostdeutschland, also in der ehemaligen DDR, die meisten rechtsextremistischen Gewalttaten verübt? Dafür gibt es verschiedene Erklärungsversuche:

- *Wut:* Nach der Wiedervereinigung von Ost- und Westdeutschland wurde das politische und soziale System der ehemaligen DDR in die bestehenden Systeme der alten BRD überführt. Das Leben, das die Menschen in Ostdeutschland bis dahin kannten, war von einem Tag auf den anderen vorbei. Die Politiker, die sie regiert, die Produkte, die sie gekauft, die Betriebe und Geschäfte, für die sie gearbeitet, und die Versicherungen, auf die sie sich verlassen hatten – vieles davon gab es plötzlich nicht mehr. In der ehemaligen DDR galten nun die Regeln und Gesetze der BRD. Unzählige Menschen in den neuen Bundesländern verloren ihre Arbeit, weil ihre Arbeitgeber gegen die Konkurrenz aus dem Westen nicht mehr bestehen konnten oder ihre Arbeitsplätze eingespart wurden. Viele Ostdeutsche mussten eine neue Ausbildung machen oder neue Prüfungen ablegen, weil ihre alte Ausbildung im westdeutschen System nicht anerkannt wurde. Viele Menschen in den neuen Bundesländern sind deswegen auch jetzt – mehr als 25 Jahre nach der Wiedervereinigung – noch immer frustriert und wütend. Sie misstrauen den regierenden Parteien und fühlen sich vergessen und benachteiligt. Ihre Wut richtet sich dann oft gegen die, von denen sie annehmen, sie bekämen Geld und Geschenke vom Staat – gegen Flüchtlinge, Ausländer, und Migranten – während die »eigenen Leute« aus Sicht der Rechtsextremisten im Stich gelassen würden.

– *Unsicherheit:* Viele Menschen in den neuen Bundesländern verspüren nach wie vor eine grundlegende Verunsicherung, weil sich das eigene Land so schnell und so plötzlich verändert hat, weil so viele Menschen arbeitslos wurden oder in westliche Bundesländer umziehen mussten, um Arbeit zu finden. Jede weitere Veränderung führt zu noch mehr Unsicherheit und wird deshalb von vielen abgelehnt. Aus demselben Grund werden dann auch Menschen abgelehnt, die anders aussehen, andere Sprachen sprechen, eine andere Weltanschauung vertreten. Unsicherheit führt oft zu einem Gefühl der Minderwertigkeit. Menschen mit Minderwertigkeitsproblemen neigen dazu, andere noch schlechter zu finden, um sich selbst besser zu fühlen. Und die »Schlechteren«, das sind meist die Schwächeren, die Fremden.[30]

- *Mut:* Dass Menschen ein ganzes Land verändern können, wenn sie protestieren und auf die Straße gehen, das haben vor allem die Leute in Sachsen erlebt. Schließlich waren es die Massenproteste in Leipzig und Dresden, die Ende der 1980er-Jahre das Regime der DDR zu Fall gebracht haben. Vielleicht führt diese Erfahrung, schon einmal etwas bewirkt zu haben, vermehrt dazu, es noch einmal zu versuchen. Hinzu kommt möglicherweise, dass sich viele Bürger der ehemaligen DDR nach einer starken Führung sehnen, vermuten Extremismusforscher der TU Dresden und Chemnitz. Das könnte mit ein Grund dafür sein, warum seit Herbst 2014 die Organisation Pegida (»Patriotische Europäer gegen die Islamisierung des Abendlandes«) jede Woche ausgerechnet in Dresden gegen die Zuwanderung von Muslimen und gegen die Politik der deutschen Regierung protestiert.[31]

Rechtsextremismus im Ausland

Rechtsextremismus gibt es aber natürlich nicht nur in Deutschland. In nahezu jedem Land der Welt bestehen Gruppen, die ihre eigene Kultur und ihr eigenes Volk als höherwertig ansehen, die auf Menschen aus anderen Kulturen herabschauen und die Demokratie ablehnen.

Europa

In vielen europäischen Ländern haben rechte Parteien in den vergangenen Jahren deutlich an Wählerstimmen gewonnen. In *Frankreich* zum Beispiel die Partei Front National mit der Vorsitzenden Marine Le Pen. Sie fordert, dass Franzosen bei der Jobvergabe bevorzugt, die »Masseneinwanderung« gestoppt und ausländische Arbeitskräfte höher besteuert werden.[32]

Bei den Nationalratswahlen 2017 in *Österreich* zog die rechtskonservative Österreichische Volkspartei (ÖVP) als stärkste Kraft ins Parlament ein und ist inzwischen eine Koalition mit der Freiheitlichen Partei Österreichs (FPÖ) eingegangen.[33] Deren Mitglieder fallen immer wieder durch rechtsextremistische Äußerungen auf: Ein EU-Abgeordneter der FPÖ beschimpfte 2014 den österreichischen Fußballnationalspieler David Alaba mit rassistischen Äußerungen, in sozialen Netzwerken hetzen FPÖ-Politiker immer wieder gegen Flüchtlinge, der FPÖ-Bundesvorsitzende Heinz-Christian Strache forderte 2017 eine Einschränkung der Menschenrechte, um Terror besser bekämpfen zu können.[34]

In *Ungarn* regiert seit 2010 die rechtspopulistische Partei Fidesz unter Ministerpräsident Viktor Orbán. Sie gelten zwar nicht als Rechtsextremisten, Orbán betont aber immer wieder die Gefahr der »Überfremdung« und des Terrors durch Flüchtlinge und die Bedeutung eines starken Ungarns. Außerdem schränkte er Grundrechte wie die Pressefreiheit ein. Als drittstärkste Kraft sitzt mit der Jobbik (»Bewegung für ein besseres Ungarn«) auch eine rechtsextremistische Partei im ungarischen Parlament. Deren Mitglieder gehen unter anderem gewaltsam gegen die Roma im Land vor[35].

Durch die Wirtschaftskrise und die harten Sparmaßnahmen der Regierung haben extremistische Gruppen in *Griechenland* Aufwind bekommen. Seit 2015 sitzt die rechtsextremistische Partei Goldene Morgenröte im Parlament. Sie fordert, dass nur Menschen »griechischen Blutes« wählen dürfen, und geht mit Drohungen und auch mit Gewalt gegen Flüchtlinge vor.

Wie Deutschland, so hat auch *Italien* eine Vergangenheit als faschistische Diktatur. Anhänger des Diktators Benito Mussolini saßen auch nach dem Zweiten Weltkrieg in verschiedenen Parteien im Parlament, konnten aber politisch kaum mehr Bedeutung erlangen.[36] Ausländerfeindlich äußert sich vor allem die Partei Lega Nord, die von manchen Experten als rechtsextrem eingestuft wird.[37]

Bei den Parlamentswahlen im März 2017 in den *Niederlanden* wurde die rechtspopulistische Partei für die Freiheit (PVV) zweitstärkste Kraft. Seit zehn Jahren sitzt die Partei von Geert Wilders bereits im Parlament und prägt immer wieder den politischen Diskurs[38]. Wilders engagiert sich vor allem gegen den Islam und fordert etwa, dass der Koran als »faschistisches Buch« verboten wird oder Muslime nicht mehr nach Europa einreisen dürfen.[39]

In *Norwegen* schockierten die Anschläge des Rechtsextremisten Anders Behring Breivik im Juli 2011 das Land und ganz Europa. Bei einem Bombenattentat in Oslo und einem Amoklauf in einem Jugendcamp auf der Insel Utøya tötete er 77 Menschen, darunter vor allem Kinder und Jugendliche. Er wurde zu 21 Jahren Haft mit anschließender Sicherheitsverwahrung verurteilt.

Das sind nur einige Beispiele. Auch in anderen europäischen Ländern hat die Zustimmung zu rechten Parteien und Ideologien in den vergangenen Jahren, besonders seit der Flüchtlingskrise, stark zugenommen.

Russland

Russische Rechtsextremisten gelten als besonders gewaltbereit. Ihre Opfer sind vor allem Menschen aus Zentralasien und dem Kaukasus, Antifaschisten, Obdachlose und Homosexuelle, aber auch Richter. Gezielt ermorden sie Menschen und verbreiten Videos ihrer Taten im Internet. Die aktivsten rechtsextremistischen Gruppierungen in Russland sind Neonazis, Skinheads und Fußball-Hooligans. In den russischen Parteien sind Rechtsextremisten dagegen nur sehr selten direkt vertreten, allerdings gelten sie als gut vernetzt und finden immer wieder Fürsprecher unter den Abgeordneten. Seit 2008 geht die russische Regierung stärker gegen militante Neonazis im Land vor, seither ist die Zahl der Tötungsdelikte zurückgegangen.[40]

USA

In den USA werden Rechtsextremisten als Rechtsradikale (»radical right«) oder Far Right (das bedeutet etwa »rechts außen«) bezeichnet. Darunter fallen zahlreiche rechtsextremistische Bewegungen wie White-Power-Bewegung, Alt Right, der Ku-Klux-Klan oder die Identitären. Die größte Neonazi-Organisation in den USA ist die National Socialist Movement (NSM).[41] Seit den Anschlägen vom 11. September 2001 misstrauen viele US-Amerikaner pauschal allen Muslimen. Damals flogen Attentäter zwei Flugzeuge in das World

Trade Center in New York, ein drittes Flugzeug wurde in das Verteidigungsministerium (Pentagon) der USA gesteuert, ein viertes stürzte auf freiem Feld ab, auch mit ihm sollte ein Anschlag verübt werden. Insgesamt starben bei diesen Attentaten etwa 3000 Menschen. Doch so dramatisch diese Ereignisse waren, islamistische Anschläge kommen in den USA insgesamt nicht häufiger vor als rechtsextremistische Angriffe. Zwischen den Anschlägen am 11. September 2001 und dem Frühjahr 2017 haben Islamisten in den USA 119 Menschen umgebracht, Rechtsextremisten töteten in diesem Zeitraum 106 Menschen.[42] Im Sommer 2015 erschoss ein 21-jähriger Weißer neun Schwarze in einer Kirche in South Carolina, im Osten der USA. Der Attentäter soll nach eigenen Angaben die Menschen umgebracht haben, um andere Weiße zu ähnlichen Taten zu motivieren. Er wurde zum Tode verurteilt.[43] Im Sommer 2017 sollte in Charlottesville, einer Stadt im Osten der USA, die Statue eines Generals abgerissen werden, der im Amerikanischen Bürgerkrieg auf Seiten der Südstaaten gegen die Abschaffung der Sklaverei gekämpft hatte. Mehrere tausend Rechtsextremisten reisten an, um gegen den Abriss zu protestieren. Sie lieferten sich Straßenkämpfe mit Gegendemonstranten. Als ein Rechtsextremist mit seinem Auto in eine Gruppe Gegendemonstranten raste, tötete er eine Frau, 19 Menschen wurden verletzt.[44] Gegen den Fahrer ermittelt die Bundespolizei. Bereits die Wahl Barack Obamas zum US-Präsidenten im November 2008 hatte die rechtsradikalen Gruppen in den USA in Aufruhr versetzt, da nun ein Afroamerikaner an der Spitze des Landes stand. Seit der Wahl von Donald Trump im November 2016, der immer wieder gegen Mexikaner und Muslime hetzt, ist Ausländerfeindlichkeit in den USA nahezu gesellschaftsfähig geworden. Schon am Tag nach der Wahl wurden vermehrt mexikanische Einwanderer in den Straßen bedroht und angegriffen. Auch Terrordrohungen gegen jüdische Einrichtungen haben seither zugenommen. Das Gefühl der Zustimmung, auch durch moderate Trump-Wähler, bestärkte Rechtsextremisten offenbar darin, ihren Fremdenhass auszuleben.[45]

Ausstieg aus der Szene

Gerade in Deutschland müssen Rechtsextremisten mit viel Gegenwehr rechnen. Es gibt zahlreiche Initiativen gegen Rechts, etwa »Schule ohne Rassismus – Schule mit Courage«,[46] »Kein Bock auf Nazis«[47], »Gesicht zeigen![48]« oder »Fußballvereine gegen Rechts«[49].

Ob es an diesen oder anderen Initiativen liegt, die über Rechtsextremismus aufklären, ob sich die Betroffenen irgendwann in der rechtsextremistischen Ideologie zu eingeengt fühlen oder schlicht ein friedlicheres Leben führen wollen – die Gründe, warum viele Rechtsextremisten irgendwann aus der Szene aussteigen, sind vielfältig. Doch oft ist der Ausstieg nicht einfach. Die Kameraden, die dem Aussteiger gerade noch wie eine große Familie erschienen, wollen niemanden gehen lassen. Wer nichts mehr mit ihnen und ihrer Ausländerfeindlichkeit oder ihrem Nationalstolz zu tun haben will, wird als Verräter gesehen – und damit zum Feind. Wenn hochrangige Rechtsextremisten aussteigen, ist das für die Szene außerdem eine echte Bedrohung, denn wer tief in die Szene eingestiegen war, der weiß auch viel. Und kann der Polizei viel über die jeweiligen Gruppen verraten.[50] Häufig üben Mitglieder der Szene deshalb Druck auf jene Mitglieder aus, die aussteigen wollen – manchmal sogar auf ihre Familien. Bevor jemand aus der Szene aussteigt und offen sagt, dass er mit rechtsextremistischen Symbolen und Parolen, mit Fremdenhass und Gewalt nichts mehr zu tun haben will, sollte er sich Hilfe suchen und gemeinsam mit diesen Helfern ein Sicherheitskonzept erarbeiten. Sie prüfen, wie gewaltbereit die Gruppe ist, aus der jemand aussteigen will. Davon hängt ab, ob ein Umzug nötig ist oder ob sich der Aussteiger einfach nur von bestimmten Treffpunkten fernhalten muss. Wenn die Gruppe als gewalttätig bekannt ist und bereits ehemalige Rechtsextremisten bedroht hat, kann der Aussteiger einen Umzug damit begründen, er müsse wegen eines neuen Jobs in eine andere Stadt ziehen. Wenn er oder sie bedroht wird, handeln die Mitarbeiter von Aussteigerorganisationen sofort und bringen sie oder ihn in einer sicheren Wohnung unter, deren Adresse geheim ist. Dann überlegen sie gemeinsam, wie die nächsten Tage, Monate oder Jahre im Leben des Aussteigers aussehen sollen und wie er oder sie weiterhin vor den ehemaligen Kameraden geschützt werden kann.

Sowohl bundesweite Vereine wie EXIT (www.exit-deutschland.de) als auch lokale Projekte wie MOBIT (Mobile Beratung in Thüringen, mobit.org) helfen dabei, den Weg zurück in ein Leben ohne die rechtsextremistische Ideologie zu finden. Hilfe bieten aber auch die Polizei und das Bundesamt für Verfassungsschutz an (rund um die Uhr unter der Nummer 0221/79262 oder der Mailadresse aussteiger@bfv.bund.de). Die Mitarbeiter der Aussteigerorganisationen versuchen auch, Rechtsextremisten aktiv zum Ausstieg zu bewegen und vor allem Führungspersonen in der rechtsextremistischen Szene anzusprechen. Denn wenn ein Anführer zum Ausstieg bewegt werden kann, bringt das viele seiner Anhänger zum Nachdenken. Der EXIT-Mitgründer Ingo Hasselbach war selbst einmal ein Nazianführer.[51]

Der Ausstieg zieht sich oft eine ganze Weile hin und ist vor allem emotional schwierig. Denn wer kein Rechtsextremist mehr sein will, muss zum Teil mit jahrelangen Freundschaften brechen. Die Kameraden, die ja meist gegen den Ausstieg sind, können und wollen keine Freunde mehr bleiben. Wer aussteigt, bricht außerdem mit der Weltsicht und den Überzeugungen, die ihn oder sie jahrelang geprägt haben. Was man denkt und woran man glaubt, macht die Identität eines Menschen aus. Wer jahrelang glaubt, als Deutscher stärker, intelligenter und besser zu sein als die meisten anderen Menschen, wer lange überzeugt davon war, sein Vaterland gegen Ausländer verteidigen zu müssen, der wird sich nach einem Bruch mit dieser Ideologie zunächst verloren fühlen. So erging es Millionen Deutschen nach dem Ende der nationalsozialistischen Diktatur. Alles, was diese Menschen ihr Leben lang gelernt und geglaubt hatten, sollte auf einmal falsch sein? Das zu erkennen und danach ein neues Weltbild zu entwickeln erfordert viel Kraft. Deshalb werden viele Aussteiger depressiv, fühlen sich orientierungslos und wissen erst einmal nicht mehr, was richtig und was falsch ist.

Kurz nachdem Matthias Adrian sich mit Seitenscheitel und Hitlerbärtchen für den Personalausweis fotografieren ließ, wurde seine Freundin festgenommen. Sie hatte Hassparolen an eine Synagoge geschmiert. Die Festnahme muss ein Schock für sie gewesen sein, denn bald darauf sagte sie sich von der rechtsextremistischen Szene los. Und auch Matthias begann nachzudenken. Jahrelang hatte er geglaubt, dass alles, was er in der rechten Szene gehört hatte, der Wahrheit entsprach und dass es stattdessen die großen Medien und die meisten Politiker waren, die Lügen verbreiten. Dann aber fiel ihm auf, wie sich seine Kameraden selbst Geschichten ausdachten, um ihre Meinung zu stützen. Und er hörte, wie seine Freunde die ebenfalls rechtsextremistischen Skinheads manchmal als Kameraden bezeichneten und dann wieder verkündeten, Skinheads seien asozial und müssten ins KZ. Außerdem kamen ihm die rechtsextremistischen Theorien, die er las, mit der Zeit immer absurder vor. So sagte sich auch Matthias bald von der rechtsextremistischen Szene los.

Der Ausstieg war schwer: Matthias verlor viele Freunde, wurde depressiv und hatte Selbstmordgedanken. Doch er schaffte es. Nach seinem Ausstieg trug er die dunklen Haare nach hinten gekämmt, das Gesicht war glatt rasiert.

Und er arbeitete bei EXIT. Er hielt Vorträge an Schulen oder in Jugendclubs, nahm an Gesprächsrunden über Rechtsextremismus teil und versuchte über die rechte Szene und die Lehren, die dort verbreitet werden, aufzuklären. Dass er selbst einmal rechtsextremistisch war, half ihm dabei, anderen zu helfen. Denn er wusste, wie es in der Szene aussieht und wie schwer der Ausstieg ist. Die Aussteiger wiederum nahmen ihn gerade deswegen ernst. Mit seiner Arbeit wollte er wiedergutmachen, was er als Rechtsextremist angerichtet hatte. Und er wollte andere davon abhalten, selber diesen Weg zu gehen. Was ihm blieb, ist das Gefühl, für eine Ideologie missbraucht worden zu sein, die nicht nur ihre Anhänger in den Abgrund reißt.

DENKANSTOSS

Rechtsextremistische Ansichten gibt es in allen Gesellschaftsschichten und in jeder Generation. Sie sind verbreiteter, als wir glauben. Umso wichtiger ist es, zuzuhören, warum jemand auf Ausländer oder Homosexuelle schimpft. Oft steckt hinter der Ablehnung der »Anderen« eine Wut oder Angst, die möglicherweise berechtigt ist: Die Angst vor Veränderung oder Arbeitslosigkeit zum Beispiel oder Wut auf die Regierung, die die Sorgen der Bürger nicht ernst zu nehmen scheint. Und auch wenn es durch nichts gerechtfertigt ist, die eigene Verunsicherung durch Wut und Verachtung anderer Menschen oder gar Gewalt gegen sie zum Ausdruck zu bringen, bringt es niemanden weiter, auf Menschen mit rechten Ansichten zu schimpfen. Die Beschimpften fühlen sich nur noch mehr im Recht und von der Politik allein gelassen. Wichtiger wäre es, mit denen zu reden, die sich empören – und Lösungen für ihre wirklichen Probleme zu finden.

LINKSEXTREMISMUS

Alex (Name geändert)[52] hat die schwarze Kapuze über den Kopf gezogen, Schweiß rinnt ihm über die Stirn. Es ist einer der heißesten Sommertage in Hamburg. Wenn er sich umblickt, sieht er die Gesichter der anderen Frauen und Männer aus seiner Gruppe. Sie sind umringt von anderen Menschen in schwarzen Pullis und Shirts, die meisten mit Kapuze, ein paar mit Sonnenbrille und Tuch vor dem Gesicht. Seit einer Stunde stehen sie hier an der Spitze der Demo »Welcome to Hell«, die gegen den G20-Gipfel in Hamburg protestieren will, gegen Globalisierung, Ausbeutung und Umweltzerstörung. Die Demo ist angemeldet, aber loslaufen darf sie nicht. Die Polizei blockiert den Zug, weil einige der schwarz gekleideten Demonstranten aus dem sogenannten Schwarzen Block ihre Sonnenbrillen und Tücher nicht abnehmen wollen. Hinterher wird man sich streiten, was dann geschah, ob zuerst Demonstranten Flaschen auf die Polizisten warfen oder ob zuerst die Polizisten den Befehl zum Zugriff bekamen. Sicher ist nur: Plötzlich geht alles ganz schnell, Polizisten mit Helm und Schutzkleidung versuchen Alex und die anderen schwarz gekleideten Demonstranten vom Rest des Demonstrationszugs abzuschneiden, knüppeln mit Schlagstöcken auf Arme, Beine, Oberkörper, Köpfe, aus der Menge der Demonstranten fliegen vereinzelte Flaschen und Steine auf die Polizisten.[53] Alex reißt die Arme hoch, um sich zu schützen, bildet hastig eine Kette aus Körpern mit seinen Freunden und sucht einen Weg, um zu entkommen.

Alex wuchs Mitte der 1980er-Jahre in einer westdeutschen Stadt unweit des Rheins auf. Die Eltern wählten SPD und erzogen ihn antiautoritär, von den Großeltern und in der Schule hörte Alex von den Verbrechen der Nationalsozialisten, vor der Schule sah er Neonazis herumhängen. Die pöbelten zum Zeitvertreib Ausländer, Homosexuelle und alternativ aussehende Jugendliche wie Alex an. Er war leicht zu erkennen an seinen Dreadlocks, den löchrigen Jeans und den Doc Martens. Alex fühlte sich schon als Jugendlicher zur linken Szene hingezogen. Ihm war es wichtig, den Rechten in der Stadt etwas entgegenzusetzen. Und ihm gefiel die Idee einer freien Gesellschaft ohne staatliche Kontrolle, wie sie die Linken anstreben. Warum ihn die Macht des Staates wütend machte, wusste er spätestens nach seiner ersten Demo. Alex ist noch immer wütend, wenn er von diesem Erlebnis erzählt: Er war 16 Jahre alt, als die NPD eine Demo in Karlsruhe veranstaltete. Polizei und Bundesgrenzschutz setzten das Demonstrationsrecht der NPD-Anhänger schließlich mit Gewalt durch und schlugen auf die Gegendemonstranten ein, die den Weg der NPD-Demo blockierten. Die Wunde, die der Schlagstock eines Polizisten hinterließ, sieht man auch 30 Jahre später noch. »Die Nazis durften laufen, gegen uns hat die Polizei gewütet«, erzählt Alex. »Diese Erfahrung hat mein Vertrauen in Staat und Polizei zerstört. Das hat mich radikalisiert, denn mit friedlichen Mitteln kommt man offensichtlich nicht weit.«[54]

Wer sind Linksextremisten?

Radikalisierung – das bedeutete für Alex, dass er sich weiter mit linken Theorien und Ideologien beschäftigte. Und dass er bald von sich selbst sagte: »Ich bin Anarchist.« Sein Ziel ist eine Gesellschaft, in der Menschen frei von Herrschaft leben, also nicht von Politikern regiert werden, sondern sich in kleinen Gruppen selbst verwalten. Diese Gruppen sollen sich in der Theorie am besten nach gemeinsamen Interessen zusammenfinden und nur selbst produzieren oder durch Handel mit anderen erwerben, was sie zum Leben brauchen. Die Arbeit sollte so auf alle verteilt werden, dass niemand mehr 40 Stunden in der Woche arbeiten muss, sondern für jeden einzelnen zwei oder drei Arbeitstage ausreichen. Kapitalismus, das Streben nach Profit, die Ausbeutung von Arbeitern, all das sollte es nach Vorstellung der Anarchisten nicht mehr geben.

Anarchisten sind die eine große Strömung im Linksextremismus. Die andere große Gruppe sind die Kommunisten. Sie wollen das kapitalistische Wirtschaftssystem abschaffen und die Besitzverhältnisse in der Gesellschaft weitgehend umkehren.[55] Kommunisten folgen den Ideen von Karl Marx (1818 – 1883). Er hat die Gesellschaft des 19. Jahrhunderts analysiert und aus seinen Beobachtungen geschlussfolgert, dass das Leben hauptsächlich von wirtschaftlichen Zwängen getrieben ist. Fast alles, was Menschen tun, sei darauf ausgerichtet, Vermögen aufzubauen, zu erhalten oder zu vermehren. Dass so viele Menschen arm und nur wenige Menschen sehr reich waren, liege daran, dass nur wenige Menschen Maschinen, Fabriken, Rohstoffe – kurz: Produktionsmittel – besitzen und damit alles, was nötig ist, um reich zu werden. Die meisten anderen Menschen hingegen besitzen nur ihre Arbeitskraft. Und für die bekommen sie gerade so viel bezahlt, dass es ausreicht, um diese Arbeitskraft zu erhalten und weiterarbeiten zu können. Reich werden sie dabei nicht. Marx formulierte eine Idee, gegen diese Ungerechtigkeit vorzugehen: Alle Produktionsmittel müssten allen Menschen gemeinsam gehören. Da sich die Reichen ihren Besitz nicht einfach wegnehmen lassen würden, sei eine Revolution notwendig: ein Klassenkampf zwischen der Klasse der Arbeiter (Proletariat) und jener der Arbeitgeber beziehungsweise Kapitalisten (Bourgeoisie). Bei diesem Klassenkampf würde laut Marx die Minderheit der Kapitalisten von der Mehrheit der Arbeiter gestürzt, ihr Besitz der Gemeinschaft übertragen und zunächst eine »Diktatur des Proletariats« ausgerufen, die schließlich in eine Gesellschaft ohne Klassen münden würde – die kommunistische Gesellschaft.[56] Die gesellschaftliche Entwicklungsstufe zwischen Kapitalismus und Kommunismus ist der Sozialismus, in dem die Produktionsmittel bereits verstaatlicht sind und die Wirtschaft vom Staat gelenkt wird, eine klassenlose Gesellschaft aber noch nicht erreicht ist.

In einigen Ländern, darunter Russland und China, gab es im vergangenen Jahrhundert tatsächlich solche Revolutionen. Dabei wurde nicht nur die reiche Oberschicht enteignet, sondern häufig wurden auch die Bildungsschicht (also zum Beispiel Wissenschaftler, Philosophen, Schriftsteller, Journalisten) und politische Gegner vertrieben, inhaftiert oder ermordet. Allein in Russland kamen unter der Herrschaft Josef Stalins (1878 – 1953) Schätzungen zufolge bis zu 20 Millionen Menschen ums Leben. Eine kommunistische Gesellschaft, wie Karl Marx sie sich vorstellte, entstand danach allerdings nicht. Was kam, war eine Diktatur.

Neben Anarchisten und Kommunisten gibt es noch zahlreiche kleinere linksextremistische Strömungen, die sich oft nicht klar voneinander abgrenzen lassen, wie Trotzkisten, Maoisten oder Reformkommunisten. Insgesamt schätzt der Verfassungsschutz in Deutschland etwa 28500 Menschen als linksextremistisch ein. Diese Zahl hat in den vergangenen Jahren zugenommen und liegt inzwischen auf dem höchsten Stand seit 2012. Dazu kommen Hunderttausende Sympathisanten, denn vier Prozent der deutschen Bevölkerung sind mit linksextremistischen Einstellungen weitgehend einverstanden, auch wenn sie selbst nicht als linksextremistisch gelten.

Linksextremisten gehören meist zu einer oder mehreren der folgenden Gruppierungen:

Autonome

Wie die Anarchisten, fordern auch die Autonomen eine Gesellschaft ohne Staatsmacht und Kapitalismus. Ihre Einstellungen überschneiden sich zum großen Teil mit den Zielen der Anarchisten, allerdings haben die Autonomen eine weniger klare Ideologie. Einig sind sie sich darin, dass der Staat den einzelnen Menschen an seiner Entfaltung hindert und deswegen staatsfreie Räume geschaffen werden müssen.[57] Dafür besetzen Autonome leer stehende Häuser und probieren dort neue Formen des Zusammenlebens aus.[58] Besonders bekannt ist die Rote Flora in Hamburg, ein ehemaliges Theater, das heute ein autonomes Zentrum ist und immer wieder als Schaltzentrale für linke Proteste in der Stadt genutzt wird. Diese autonomen Zentren sind Treffpunkte, Anlaufstelle für Hilfesuchende aus der Szene, Planungszentrale bei Demonstrationen und oft auch Wohnung für Mitglieder der Szene. Autonome wollen deutschlandweit möglichst viele solcher Zentren aufbauen und auf diese Weise ihre Ideen von einem Leben ohne Herrschaft verbreiten.[59] Obwohl sie den Staat ablehnen, leben viele Autonome von Sozialhilfe und weigern sich, reguläre Arbeit anzunehmen, was sie als Protest gegen den Kapitalismus verstehen. Abgesehen von Hausbesetzungen treten Autonome vor allem im Kampf gegen Rechtsextremisten, die Globalisierung und die Atomkraft sowie bei Demonstrationen durch Gewalt gegen Polizisten in Erscheinung. Autonome sind die am meisten gewaltbereite Gruppe unter den Linksextremisten, sie liefern sich nicht nur Straßenschlachten mit Rechtsextremisten und der Polizei, sondern verüben auch Anschläge gegen die Deutsche Bahn, weil sie Atommüll transportiert, gegen Flughäfen, von denen aus Migranten ohne Aufenthaltserlaubnis in ihre Heimatländer abgeschoben werden, oder gegen Unternehmen und Behörden. In extremen Fällen töten Autonome sogar gezielt Menschen, vor allem Rechtsextremisten oder Polizisten.[60]

Gewalt – oder im Szenejargon »Militanz« – ist dabei nicht nur Mittel zum Zweck, sondern auch Ausdruck ihrer Ablehnung jeglicher Autorität.[61]

Die Neue Linke

Auch die Neue Linke lehnt den demokratischen Verfassungsstaat ab und hat immer wieder zur Revolution aufgerufen. Ende der 1960er- und Anfang der 1970er-Jahre hatte diese Strömung den größten Einfluss in Deutschland. Ihre Vorbilder sind der Revolutionsführer Fidel Castro in Kuba, der vietnamesische Kommunistenführer Ho Chi Minh, der chinesische Ideologe Mao Tse-tung und der kubanische Revolutionär Ernesto »Che« Guevara. Die Neue Linke sieht Gewalt also durchaus als Mittel zum Zweck an, war aber selbst kaum je gewalttätig. Vor allem Studenten gehörten zur Neuen Linken. Als 1967 ein Polizist bei einer Demonstration gegen den persischen Schah den Studenten Benno Ohnesorg erschoss, übernahmen in der Folge noch mehr Studenten linksextremistische Einstellungen. Ihr Ziel ist eine sozialistische Rätedemokratie, in der alle Bürger sogenannte Räte wählen, die sie vertreten und an ihre Weisungen gebunden sind. Denn das sogenannte freie Mandat, bei dem die gewählten Politiker nicht ihren Wählern, sondern allein ihrem Gewissen verpflichtet sind, gaukele den Bürgern nur eine Mitbestimmung vor, sodass sie gar nicht merken, wie machtlos sie sind.[62]

Punk, Hip-Hop, Hardcore, Techno, Skinheads

Linksextremismus gibt es auch in verschiedenen Subkulturen, allen voran bei den Punks. Aber sogar manche Skinheads, die meist eher rechtsextremistisch eingestellt sind (s. S. 62), vertreten eine linksextremistische Weltanschauung.[63] Auch Musik wird bisweilen politisch: Linksextremistische Texte finden sich zum Beispiel in Hip-Hop-, Hardcore oder Techno-Stücken, entweder weil die Musiker selbst linksextrem eingestellt sind oder aber um durch Provokation aufzufallen und Reichweite zu erzielen.

Schwarzer Block

Wenn von politischen Demonstrationen die Rede ist, hört man immer wieder vom sogenannten Schwarzen Block. Das sind besonders militante Demonstranten, die sich in der Regel an der Spitze eines Demonstrationszugs zusammenfinden, schwarz gekleidet sind und Kopf und Gesicht vermummen. Der Schwarze Block ist also keine eigenständige Gruppierung, sondern eine Demonstrationstaktik. Wer sich einreiht und entsprechend gekleidet ist, gehört dazu.[64] Häufig werden Polizisten bei Demonstrationen aus dem Schwarzen Block heraus angegriffen, umgekehrt geht auch die Polizei besonders gewaltsam gegen diese schwarz gekleideten Demonstranten vor.

Ausländische linksextremistische Gruppen

In Deutschland sind auch linksextremistische Gruppen aktiv, deren Mitglieder fast ausschließlich aus anderen Ländern kommen. Auch die Ziele dieser Gruppen richten sich auf andere Länder.[65] Mit 14000 Mitgliedern ist die Arbeiterpartei Kurdistans (PKK) die größte ausländische linksextremistische Organisation in Deutschland. Sie strebte ursprünglich einen sozialistischen kurdischen Staat an und ist in Deutschland seit 1993[66] verboten. Inzwischen fordert die PKK lediglich selbstverwaltete kurdische Gebiete in der Türkei und in benachbarten Ländern. Die nächstgrößere Gruppe ist die »Türkische Kommunistische Partei/Marxisten-Leninisten« mit nur 1300 Mitgliedern. Sie wollen in der Türkei einen »demokratischen Volksstaat« unter Führung des Proletariats errichten.[67]

Parteien

Bis 2014 wurden einige Bundestagsabgeordnete der Partei **Die Linke** vom Verfassungsschutz beobachtet. Inzwischen gelten nur noch wenige Gruppierungen innerhalb der Partei als extremistisch, sie nennen sich Marxistisches Forum (MF), Sozialistische Linke (SL) oder Kommunistische Plattform (KPF) und haben eine sozialistische Gesellschaft zum Ziel. 2017 zog Die Linke mit 9,2 Prozent der Stimmen in den Bundestag ein, das war ihr zweitbestes Ergebnis nach der Bundestagswahl 2009 (11,9 Prozent).

Die **Deutsche Kommunistische Partei** (DKP) wurde 1968 als Nachfolgepartei der verbotenen KPD gegründet und hat es sich zum Ziel gesetzt, den Sozialismus als Staats- und Wirtschaftsform durch eine gewaltlose Revolution in Deutschland einzuführen. Bisher mit wenig Erfolg, denn die Wahlergebnisse der DKP lagen immer weit unter einem Prozent.

Bei der Bundestagswahl 2017 erreichte die Partei etwa 0,03 Prozent der Stimmen. Vor der Wiedervereinigung wurde die DKP von der DDR unterstützt, als diese Unterstützung wegfiel, schwand auch die Bedeutung der Partei.

Was alle **K-Gruppen** verbindet, ist ihr Ziel: die Einführung des Kommunismus. Daher auch das »K«, denn sie alle trugen ursprünglich das Wort »Kommunismus« im Namen. Doch über den Weg zum Kommunismus sind sie sich nicht einig und deswegen untereinander stark zerstritten. In der Geschichte der Bundesrepublik gab es einige dieser K-Gruppen (zum Beispiel die **Kommunistische Partei Deutschlands/ Marxisten-Leninisten** oder den **Kommunistischen Bund**). Die meisten K-Gruppen waren in den 1970er-Jahren aktiv. Heute gibt es nur noch eine Gruppe, die nun ausgerechnet kein K im Kürzel trägt: die **Marxistisch-Leninistische Partei Deutschlands** (MLPD), die 1982 aus dem **Kommunistischen Arbeiterbund Deutschlands** hervorgegangen ist. Sie wollte zur »Partei der Massen« werden und möglichst viele Menschen von der Notwendigkeit eines Klassenkampfes überzeugen.[68] Das ist ihr bisher nicht gelungen. Bei der Bundestagswahl 2017 erhielt die MLPD nur 0,1 Prozent der Stimmen.

Gemeinsamkeiten

Das linke Spektrum ist also sehr vielseitig. Trotzdem gibt es natürlich Gemeinsamkeiten zwischen den verschiedenen Gruppen:

- Sie alle wollen die Verhältnisse in Deutschland grundlegend, also radikal, ändern. Deswegen nennen sich Linksextremisten auch lieber linksradikal (s. S. 24) und wehren sich gegen die Bezeichnung »extremistisch«.
- Sie glauben, dass alle Menschen gleich sind und deshalb auch niemand reicher oder ärmer sein, weniger oder mehr arbeiten sollte als der andere. Sie streben eine klassenlose Gesellschaft an.
- Sie sind davon überzeugt, dass der Staat alle sozialen, wirtschaftlichen und kulturellen Bereiche einer Gesellschaft regeln sollte.
- Nach Ansicht von Linksextremisten herrscht in einer Demokratie in Wirklichkeit nicht das Volk, sondern immer nur das Geld, beziehungsweise jene Menschen, die viel Geld haben.
- Sie sind außerdem entschiedene Gegner des Staates und der Polizei, des Rechtsextremismus und meistens auch des Militärs.
- Der Schutz von Tieren und Umwelt ist ihnen sehr wichtig. Sie blockieren zum Beispiel Atommülltransporte oder befreien Tiere aus Massentierhaltung.
- Sie bemühen sich um internationale Vernetzung, stehen also eng mit anarchistischen, kommunistischen oder autonomen Gruppen in anderen Ländern in Kontakt. Grund dafür ist auch die Hoffnung auf eine weltweite Revolution, die schließlich über den Kapitalismus und die bestehende gesellschaftliche Ordnung siegen soll.
- Westeuropäische linksextremistische Gruppen unterstützen meist auch andere Bewegungen, denen es um

gleiche Rechte für alle Menschen geht, etwa die Frauenbewegung oder homo-, bi- und transsexuelle Gruppen. Sie setzen sich außerdem für Flüchtlinge und Migranten ein, gerade auch solche ohne Aufenthaltserlaubnis.[69]

Linksextremismus und Gewalt

Über die Frage, ob Gewalt ein legitimes Mittel ist, um politische und gesellschaftliche Ziele zu erreichen, herrscht in der Szene Uneinigkeit. Linksextremisten sind vor allem darauf aus, eine Revolution (Klassenkampf) zu entfachen, die den Kapitalismus stürzen und zu einer klassenlosen, herrschaftsfreien oder kommunistischen Gesellschaft führen soll. Manche linksextremistischen Gruppen versuchen, diese Revolution durch Gewalt auszulösen, zum Beispiel durch gewaltsame Demonstrationen, Blockaden oder auch terroristische Anschläge. Diese sollen dazu führen, dass sich die Gesellschaft gegen die Regierung erhebt, wenn die sie nicht schützen kann. Wenn Linksextremisten Gewalt anwenden, dann meistens gegen Führungskräfte aus Wirtschaft und Politik oder gegen Bedienstete des Staates, zum Beispiel Polizisten. Oder sie zerstören Eigentum, stecken Autos in Brand, werfen Scheiben von Geschäften und Banken ein oder reißen Straßenschilder aus der Verankerung.

Als gewaltbereit gelten in der linksextremistischen Szene etwa 8500 Personen.[70] 2016 wurden laut Verfassungsschutzbericht 5230 linksextremistische Straftaten registriert, knapp ein Viertel davon waren Gewalttaten, für die wiederum hauptsächlich Autonome verantwortlich waren.

Linksextremismus im Ausland

Nicht nur in Deutschland, auch in anderen Ländern gibt es linksextremistische Gruppen und Parteien.

China, Nordkorea, Kuba, Vietnam und Laos

Das sind im Moment die Länder mit einer kommunistischen Regierung. Alle außer Nordkorea versuchen aber, die kapitalistische Marktwirtschaft in ihre kommunistische Gesellschaftsordnung zu integrieren. Nordkorea ist auch das Land, das der Weltgemeinschaft aktuell am meisten Sorgen macht. Das Regime in Pjöngjang besitzt nukleare Sprengköpfe und Raketen, die mittlerweile eine Reichweite haben, die den USA gefährlich werden könnte.[71] Andere Länder, wie etwa Weißrussland, Bolivien und Venezuela nennen sich zwar nicht kommunistisch, aber sie gewähren etwa gesuchten Linksextremisten Asyl.

In China bahnt sich gerade eine völlig neue Dimension eines kommunistischen Überwachungsstaates an. Die chinesische Regierung plant, nach und nach ein Sozialkredit-System einzuführen, bei dem alle Bürger einen gewissen Punktestand erhalten, der von unterschiedlichen Kriterien abhängt. Dazu zählt etwa, welchen Beruf sie ausüben, welche Freunde sie haben, wie zügig und zuverlässig sie Rechnungen bezahlen, welche Bücher sie lesen und wie rücksichtsvoll, gesetzestreu und regierungskonform sie sich verhalten. Dieser Punktestand soll aussagen, wie gut (oder schlecht) ein Mensch ist. Und von ihm könnte irgendwann abhängen, ob jemand eine Wohnung, einen Job oder einen Partner findet, ob er oder sie Flugtickets oder andere

Dinge kaufen darf, schnelles Internet hat oder niedrigere Steuern zu zahlen braucht. Ab 2020 sollen alle Bürger an diesem Punktesystem teilnehmen.[72]

Frankreich und Italien

Anders als in Deutschland waren die kommunistischen Parteien in Frankreich und Italien bei Wahlen zeitweise recht erfolgreich. In Frankreich gewannen die Kommunisten der Parti communiste français zwischen 1962 und 1986 bis zu 22,5 Prozent der Stimmen.

Besonders in den 1980er-Jahren war in Frankreich parallel zur deutschen RAF eine linksterroristische Gruppe namens Action Directe (AD) (»Direkte Wirkung«) aktiv, die Anschläge auf Ministerien, Polizeiwachen und Menschen verübte. Seit Ende der 1980er-Jahre gab es in Frankreich aber keinen nennenswerten Linksterrorismus mehr.

In Italien gewann die Partito Comunista Italiano 1976 bei den nationalen Wahlen sogar über ein Drittel der Stimmen. Inzwischen hat sie sich mit anderen linken Parteien zur Demokratischen Partei (Partito Democratico) zusammengeschlossen und gilt nicht mehr als linksextremistisch. Kleinere kommunistische Parteien werden in Italien kaum noch gewählt. In den 1970er- und 1980er-Jahren erlebte auch Italien eine Welle linksterroristischer Anschläge, einige wenige wurden sogar noch bis in die 2000er-Jahre hinein verübt.[73]

Tschechische Republik, Griechenland, Zypern, Moldawien, Russland, Nepal

Einflussreiche kommunistische Parteien gibt es in den verschiedensten Ländern. Einige von ihnen kamen an die Regierung, andere wurden zumindest von einem großen Teil der Wähler in die Opposition gewählt. Die Finanz- und Wirtschaftskrise mit hoher staatlicher Verschuldung und einschneidenden Sparmaßnahmen befeuerte vor allem in Griechenland in den vergangenen Jahren linksextremistische Einstellungen. Hier gibt es eine besonders aktive und militante Autonomen-Szene.

Schweden

Schweden war von der Wirtschaftskrise nicht so stark betroffen wie einige südeuropäische Länder, das heißt die meisten Schweden haben einen Arbeitsplatz und die soziale Absicherung ist gut, sodass die Schweden laut einer Umfrage neben den Dänen und Finnen zu den glücklichsten Menschen in Europa zählen.[74] Schweden ist damit ein gutes Beispiel dafür, dass linksextremistische Gruppen in einer Gesellschaft nur schwer Fuß fassen können, in der die meisten Menschen relativ zufrieden sind. Eine größere kommunistische Partei hingegen gab es auch in Schweden einige Jahrzehnte lang, sie hat sich aber inzwischen von linksextremistischen Positionen abgewandt. Die zwei kleineren kommunistischen Parteien erhalten bei Wahlen nicht einmal 0,01 Prozent der Stimmen. Allerdings gibt es auch in Schweden eine Autonomen-Szene, die linksextremistische Gewalt befürwortet.

Spanien/Baskenland: ETA

Spanien hatte besonders lange mit linksextremistischem Terror zu kämpfen. Die marxistisch-leninistische Untergrundorganisation ETA (Euskadi Ta Askatasuna – baskisch für »Baskenland und Freiheit«) kämpfte mehr als 50 Jahre lang für ein unabhängiges Baskenland im Norden Spaniens und tötete bei Anschlägen und gezielten Morden mindestens 864 Menschen. Am 20. Oktober 2011 erklärte die Organisation »alle bewaffneten Aktivitäten« für beendet. Sie setzen sich nun gewaltfrei für mehr Selbstbestimmung der Basken in Spanien ein.[75]

Kolumbien, Indien

Weltweit verstreut gibt es noch weitere linksterroristische Verbände, zum Beispiel in Kolumbien und Indien.[76] In Kolumbien etwa war bis Sommer 2016 die FARC aktiv (Fuerzas Armadas Revolucionarias de Colombia – zu deutsch »Revolutionäre Streitkräfte Kolumbiens«), eine marxistische Rebellengruppe, die jahrzehntelang gegen das kolumbianische Militär kämpfte. Solche linksterroristischen Verbände entführen Menschen, um Lösegeld zu erpressen oder die Regierung zu zwingen, gefangene Mitstreiter freizulassen. Außerdem liefern sie sich Gefechte mit Armee oder Polizei und verüben Anschläge.

Ausstieg aus der Szene

Hilfsangebote zum Ausstieg gibt es auch für Linksradikale. Wer die Szene verlassen will, es aber aus eigener Kraft nicht schafft, kann sich mit einem Hilfegesuch an das »Aussteigerprogramm Linksextremismus« des Bundesamtes für Verfassungsschutz wenden (rund um die Uhr unter der Nummer 0221/7926600 oder der Mailadresse aussteiger@bfv.bund.de). Auch Angehörige werden bei dem Aussteigerprogramm beraten. Besonders gefragt ist dieses Angebot aber nicht. Zwischen 2014 und Mitte 2017 haben gerade einmal 28 Menschen mit der Beratungsstelle Kontakt aufgenommen, vermutlich weil Aussteiger aus der linksextremistischen Szene – anders als ehemalige Rechtsextremisten – nicht an einem Ausstieg gehindert werden. Wie viele Betroffene mithilfe des Verfassungsschutzes tatsächlich ausgestiegen sind, ist nicht bekannt.

Kein Ende in Sicht

Auf der Anti-G20-Demonstration in Hamburg hat Alex sich mit seiner Gruppe irgendwann aus Gedränge, Gewalt und Pfefferspray herausgekämpft. Durch Seitenstraßen suchen sie sich einen Weg um die Polizeiaufgebote herum, die an jeder Ecke stehen, und kämpfen sich durch zum Schanzenviertel, wo die Rote Flora steht. An den folgenden zwei Tagen gerät Alex noch öfter mit der Polizei aneinander, blockiert Straßen, baut Barrikaden und wirft Steine oder Flaschen auf gepanzerte Polizeifahrzeuge. Als die Staatschefs in ihre Länder zurückfliegen, fährt auch Alex nach Hause. Über die Gewalt in Hamburg ist er noch immer entsetzt. Nicht über die vermummten Demonstranten, die Flaschen auf Polizisten warfen, nachts im Schanzenviertel Geschäfte demolierten und Autos anzündeten, sondern über die Polizisten, die seiner Meinung nach allen Demonstranten wegen ein paar Vermummten ihr Grundrecht auf Versammlungsfreiheit nahmen und mit Schlagstöcken auf Menschen einschlugen. Seit 30 Jahren kämpft er dafür, dass Menschen keine Macht mehr über andere ausüben, dass Politiker nicht mehr über die Köpfe der Bürger hinweg entscheiden und irgendwann eine Gesellschaft ohne Politiker und Verfassungsstaat möglich ist. Alex weiß, dass seine Vorstellung von einer freien Gesellschaft eine Utopie, also noch nicht realistisch ist. »Trotzdem muss man ein Gegenkonstrukt aufbauen, wenn man mit der gegenwärtigen Gesellschaft nicht zufrieden ist«, glaubt er.

Ein Ende in der Szene sieht Alex für sich nicht: »Wir werden so lange kämpfen, bis die Welt eine gerechtere geworden ist. Nach der Demo ist vor der Demo.«

DENKANSTOSS

Eigentlich klingt das doch gar nicht so schlecht, oder? Eine Gesellschaft, in der keiner Macht über andere ausüben kann, in der niemand reicher oder ärmer ist als der andere, in der alle friedlich zusammenleben. Doch in einer Gesellschaft, in der sich niemand mehr darum kümmert, dass Grundrechte durchgesetzt und alle Menschen möglichst gleich behandelt werden, bleiben Schwächere und Minderheiten auf der Strecke. Denn dieser Schutz ist in einer herrschaftsfreien Gesellschaft nicht garantiert. Im schlimmsten Fall herrscht dann nämlich doch jemand: und zwar der Stärkere. So lange also nicht alle Menschen eine Gesellschaft anstreben, die aus völlig selbstbestimmten, gleichen und freien Menschen besteht, die ohne staatliche Herrschaft auskommen und völlig selbstlos aufeinander Rücksicht nehmen, so lange wird eine friedliche anarchistische oder kommunistische Gesellschaft eine Utopie bleiben.

Das heißt aber nicht, dass es in einer kapitalistischen, demokratischen Gesellschaft keine Probleme und Ungerechtigkeiten gibt. Im Gegenteil, auch in unserer Gesellschaft läuft einiges schief. Im Winter erfrieren Obdachlose auf unseren Straßen, Flüchtlinge sterben an den Grenzen Europas, Kinder hungern auch in Deutschland, verschiedene Berufsgruppen werden ausgebeutet und Unternehmen versuchen durch ausgeklügelte Konstrukte hierzulande so wenig Steuern wie möglich zu zahlen, obwohl sie Riesengewinne machen, und können nicht dafür belangt werden. Deswegen ist es so wichtig, dass Menschen Missstände in der demokratischen Gesellschaft und die Schattenseiten des Kapitalismus kritisieren und sich über alternative Lebensformen Gedanken machen. Denn nur das bringt eine Gesellschaft voran.

KAPITEL FÜNF

Religiöser Extremismus

Religiöse Extremisten gibt es in nahezu jeder Religion (mehr dazu ab S. 129, Kapitel fünf – Anderer religöser Extremismus). Doch wenn es um religiös motivierte extremistische Gewalt geht, hört man zurzeit am häufigsten von sogenannten Islamisten. Da war zum Beispiel der Anschlag auf einen Berliner Weihnachtsmarkt im Dezember 2016, als ein Tunesier mit einem LKW in eine Menschenmenge fuhr. Auch an die Terroranschläge mit mehr als 130 Toten und vielen hundert Verletzten in Frankreich 2015 oder die Attentate in den USA am 11. September 2001 mit vielen tausend Toten erinnern sich die meisten Menschen. All diese Angriffe wurden von Männern verübt, die sich Muslime nennen, und gegen »den Westen« kämpfen wollen. Doch Attentate radikaler Muslime gibt es auch in vielen islamischen Ländern. Da stellt sich die Frage: Gegen wen kämpfen Islamisten eigentlich? Was treibt diese Menschen an? Und wie kann man sie aufhalten? Einige Antworten auf diese Fragen gibt die Geschichte eines jungen Mädchens, die als Beispiel für viele andere junge – und ältere – Menschen gelten kann, die von einem radikalen Islam fasziniert sind.

ISLAMISMUS

Linda ist noch keine 16 Jahre alt, da fasst sie einen Entschluss. Vielleicht sucht sie das Abenteuer. Vielleicht ist sie verzweifelt und sieht keinen anderen Ausweg. Vielleicht glaubt sie auch wirklich daran, in der Ferne ihrem Gott besser dienen zu können. So genau weiß das hinterher niemand. Nur eins ist sicher: Linda ist in den Krieg gezogen.

Linda war eigentlich ein unauffälliger Teenager. Sie wuchs in einer Kleinstadt in der Nähe von Dresden auf, wurde konfirmiert, war gut in der Schule, mochte Mathe, Chemie und Physik. Ihre Eltern beschreiben sie als ruhig und fröhlich.

Dann verändert sie sich. Im Frühjahr 2016 beginnt Linda, sich für den Islam zu interessieren. Ihre Eltern kaufen ihr einen Koran. Linda schaut Nachrichtensendungen über Muslime in Deutschland und den Krieg in Syrien. Auf Facebook chattet sie mit Islamisten. Sie trägt auch im Hochsommer nur noch lange Kleidung, während des Ramadan im Sommer 2016 fastet sie, verzichtet also von frühmorgens bis zur Abenddämmerung auf Essen und Trinken. Die Eltern sagen, ihnen sei Lindas Veränderung nicht besonders aufgefallen. Mitschüler und Lehrer hingegen bemerken ihr verändertes Verhalten, wollen aber tolerant sein und sprechen sie nicht darauf an. Doch schließlich schreitet der Schulleiter ein. Als sich Linda zu einem Krisengespräch mit dem Schulleiter und ihren Eltern zusammensetzen muss, hat sie längst mit einer gefälschten Erlaubnis ihrer Mutter ein Ticket nach Istanbul gekauft.

Es ist der 1. Juli 2016, als sich Linda auf den Weg nach Istanbul macht, um von dort in den Irak zu reisen. In die Gebiete des IS. Eine der gewalttätigsten islamistischen Gruppen dieses Jahrhunderts.

Wer sind Islamisten?

Islamisten sehnen sich zurück in die Zeit zwischen dem 7. und 17. Jahrhundert. Damals waren die muslimischen Länder mächtig und einflussreich. Ihre Handelsrouten durchzogen die ganze bis dahin erforschte Welt. An islamischen Universitäten in Bagdad, Kairo und Tunis studierten die klügsten Köpfe ihrer Zeit. Während Europa von Hungersnöten, Kriegen und Seuchen heimgesucht wurde, forschten die Menschen in muslimischen Ländern an neuen Heilmethoden, schmiedeten Bündnisse mit anderen Ländern und trieben Handel mit Stoffen, Schmuck und Gewürzen. Davon zeugen in vielen arabischen Ländern heute nur noch die Ruinen prachtvoller Paläste. Stattdessen haben viele muslimische Länder heutzutage mit politischen Unruhen, wirtschaftlicher Not und technischem Rückschritt zu kämpfen. Viele Muslime fühlen sich als Opfer der globalen Entwicklung und des Westens. Dafür gibt es nach Meinung von Islamisten zwei Gründe:

- Der Westen unterdrückt die muslimischen Länder und wird auf ihre Kosten immer reicher.
- Die muslimischen Länder haben sich dem Westen angepasst und sich gleichzeitig von Allah abgewandt.

Und es gibt ihrer Meinung nach nur eine Lösung: Die Muslime müssen sich wieder streng an die Regeln des Islam halten und jene bekämpfen, die sich diesen Regeln nicht unterwerfen wollen. Diesen Kampf gegen die »Ungläubigen« nennen Islamisten »Dschihad«. »Dschihad« bedeutet eigentlich so viel wie »Anstrengung auf dem Weg Gottes«. Der Begriff meint also, dass man sich besonders bemüht, nach den Regeln Gottes zu leben. Erst im 13. Jahrhundert sprachen muslimische Theologen davon, dass »Dschihad« auch den gewaltsamen Kampf gegen Ungläubige meinen könnte. Jene Islamisten, die im Kampf für ihren Glauben sterben, werden von Anhängern einer strengen Islamauslegung als Märtyrer (Schahid) bezeichnet, die nach dem Glauben der Islamisten direkt in den Himmel kommen.

Islamisten sind also Menschen, die gegen die »ungläubige«, das heißt meist die westliche Gesellschaft und damit auch gegen ihre Rechtsordnung und den demokratischen Verfassungsstaat kämpfen, und stattdessen eine Gesellschafts- und Staatsordnung errichten wollen, die sich allein an strengen islamischen Regeln orientiert.[1]

Für die Bewohner eines solchen streng islamischen Staats gelten dann nur die islamischen Rechtsvorschriften (Scharia), die im Koran und in den Berichten über das Leben des Propheten Mohammed (Hadithen) überliefert sind. Sie bestimmen den Alltag, sowohl das individuelle Verhalten, wie die religiösen Waschungen und Gebete nach dem Aufwachen, als auch die öffentliche Ordnung, wie die Rechtsprechung bei Scheidung oder Verbrechen. Ein besonderes Vorbild für Islamisten ist der Lebensstil des Propheten Mohammed. Sie wünschen sich also eine Welt, die ungefähr so aussieht:

- Eine möglichst homogene Gesellschaft, das heißt, alle Menschen sind Muslime und halten sich an die strengen Regeln der Islamisten.
- Die Aufgabe von Frauen soll es sein, Kinder zu gebären und sich um Haushalt und Familie zu kümmern.
- Frauen sollen ihren Männern gehorchen.
- Religion und Staat sind nicht mehr getrennt, die religiösen Regeln werden zu staatlichen Gesetzen. Strafen für Verbrechen sind zum Beispiel die Steinigung, Auspeitschen oder das Abhacken von Händen oder Füßen.
- Männer rasieren sich ihren Bart nicht, legen keinen Schmuck an und tragen lange, lockere Kleidung, so wie es einst der Prophet Mohammed getan haben soll.
- Frauen sollen ein Kopftuch tragen, lange Röcke und langärmlige Kleidung.
- Sex außerhalb der Ehe ist verboten.
- Einen anderen Glauben anzunehmen oder den Glauben aufzugeben ist verboten.

Menschenrechte, Kinderrechte, Meinungsfreiheit, Glaubensfreiheit, das Recht auf Bildung und freie Berufswahl, die Trennung von Staat und Kirche, die Gleichstellung von Mann und Frau – all diese Grundlagen unseres modernen Lebens lehnen Islamisten ab.

Um ihre Ziele durchzusetzen, wenden sie nicht unbedingt Gewalt an. Viele Islamisten engagieren sich in Parteien und Hilfsorganisationen, sie halten Vorträge, schreiben Bücher, verteilen den Koran oder versuchen auf andere Weise, ihre Mitmenschen zum Islam zu bekehren. Manche Islamisten aber gehen einen blutigen Weg und bekämpfen Menschen, die sie für Ungläubige halten, mit Gewalt. Meistens verüben sie Attentate. Ein Anschlag, der wahrscheinlich fast allen Menschen in westlichen Ländern im Gedächtnis bleiben wird, geschah am 11. September 2001.[2]

Andere Islamisten rufen das islamische Reich, in dem sich alle Menschen an die Regeln der ersten Muslime halten müssen, kurzerhand schon jetzt aus. Zwischen 2013 und 2016 eroberte eine der gewalttätigsten islamistischen Gruppen der Welt weite Teile Syriens und des Iraks und rief dort am 29. Juni 2014 ein Kalifat (Gottesstaat) aus. Diese Gruppe nennt sich heute Islamischer Staat oder kurz: IS. Anfangs waren sie bekannt als Islamischer Staat im Irak und der Levante, kurz: ISIL. Manchmal wird der IS auch Daesch (gesprochen: Da-esch) genannt, das ist die arabische Übersetzung der Abkürzung ISIL. In den Gebieten im Irak und Syrien, die der IS in den vergangenen Jahren erobert hat, müssen sich Frauen verschleiern, Mädchen dürfen nicht in die Schule gehen, angebliche Ehebrecherinnen werden gesteinigt, Dieben wird die Hand abgehackt, vermeintliche Ungläubige (zum Beispiel Jesiden) werden geköpft oder erschossen, »ungläubige« Frauen und Mädchen als Sklavinnen oder »Ehefrauen« verkauft.

Die meisten dieser rigiden Regeln leiten Islamisten aus dem Koran ab.

Islamismus und der Koran

Nimmt man eine deutsche Übersetzung des Koran zur Hand und blättert durch seine 114 Kapitel (die Suren), fallen tatsächlich immer wieder Verse auf, die die Ideologie der Islamisten zu unterstützen scheinen:

- Der Islam ist die einzig richtige Religion: »Er ist es, der entsandt hat seinen Gesandten mit der Leitung und der Religion der Wahrheit, um sie siegreich zu machen über jede andere Religion, auch wenn es den Ungläubigen zuwider ist.« (Sure 9,33)

- Gegen die »Ungläubigen« muss gekämpft werden: »Oh du Prophet, streite wider die Ungläubigen und Heuchler und verfahre hart mit ihnen.« (Sure 9,73)

- Frauen sollen sich verschleiern: »Und sag zu den gläubigen Frauen, sie sollen ihre Blicke senken und ihre Scham hüten, ihren Schmuck nicht offen zeigen, außer dem, was (sonst) sichtbar ist. Und sie sollen ihre Kopftücher auf den Brustschlitz ihres Gewandes schlagen« (Sure 24,31)

Islamisten nehmen diese Koranstellen wörtlich. Was dort steht, gilt ihrer Ansicht nach für alle Zeit und für alle Menschen in allen Epochen. Denn der Koran – so glauben sie –

wurde Wort für Wort durch den Propheten Mohammed übermittelt und darf nicht interpretiert oder verändert werden.

Dabei ignorieren sie aber Verse wie diese:

- »Und wenn dein Herr wollte, würden fürwahr alle auf der Erde zusammen gläubig werden. Willst du etwa die Menschen dazu zwingen, gläubig zu werden?« (Sure 10,99)

- »Wer ein menschliches Wesen tötet, ohne (dass es) einen Mord (begangen) oder auf der Erde Unheil gestiftet (hat), so ist es, als ob er alle Menschen getötet hätte. Und wer es am Leben erhält, so ist es, als ob er alle Menschen am Leben erhält.« (Sure 5,32)

- »Und wenn sie sich dem Frieden zuneigen, dann neige auch du dich ihm zu und verlasse dich auf Allah!« (Sure 8,61)

Um die Stellen im Koran, in denen zu Gewalt aufgerufen wird, richtig zu verstehen, muss man wissen, wie das Leben um das Jahr 632 in der Gegend um Mekka aussah. Damals lebten auf der arabischen Halbinsel verschiedene Stämme, von denen sich manche verbündet hatten, während andere einander immer wieder bekämpften. Der Handel – und damit die Handelsrouten durch die Wüste – waren von großer Wichtigkeit, zumal es wegen der großen Hitze und Trockenheit kaum Landwirtschaft in der Gegend von Mekka gab.

Auch war das Kopftuch damals eher eine Art Uniform und wurde von allen *freien* Frauen getragen. Es war kein Zeichen der Unterdrückung, denn Sklavinnen trugen damals keine Kopftücher, und es war auch kein religiöses Symbol. Bevor sich der Islam ausbreitete, mussten die ersten Muslime fürchten, verfolgt und getötet zu werden. Mohammed war daher nicht nur Prophet, sondern zugleich auch Feldherr. Wenn im Koran zu Gewalt aufgerufen wird, ging es also zumeist um Kämpfe mit konkreten verfeindeten Stämmen und nicht um alle Menschen, die keine Muslime sind.

Viele muslimische Gelehrte sind deswegen dafür, genau zu untersuchen, zu welcher Zeit, an welchem Ort und in welcher Situation die jeweiligen Suren offenbart und niedergeschrieben worden waren. Dementsprechend soll die jeweilige Sure dann nicht wörtlich genommen, sondern ihre Aussage an die heutige Zeit angepasst werden.[3] Doch das Problem ist: Viele Islamisten betrachten es schon als Verwestlichung, den Islam und seine Geschichte besser verstehen zu wollen. Sie wollen den Koran nicht auf moderne Weise interpretieren. Sie wollen ihn für ihre Zwecke benutzen. Islamisten suchen sich aus dem Koran und den Hadithen jene Stellen heraus, die ihre Sicht unterstützen. Andere, die etwa zur Friedfertigkeit und zum Schutz jeglichen Lebens aufrufen, ignorieren sie. Mit ihrem Beharren auf dem wörtlichen Verständnis bestimmter Stellen des Koran missbrauchen sie den Islam – und jene Muslime wie Linda, die diesen islamistischen Ansichten nacheifern.

Ob Linda den Koran jemals gelesen hat, ist nicht bekannt. Aber oft haben Islamisten, die sehr schnell radikalisiert wurden, bis dahin noch völlig unauffällig und nicht sehr religiös gelebt. Was im Koran und den Hadithen steht, wissen sie oft nicht. Deswegen sprechen manche Experten auch vom »Pop-Dschihad«. Der radikale Islam sei mehr Jugendkultur als Religion. Manche junge Islamisten himmeln IS-Kämpfer an wie andere Teenager eine Boyband, andere radikale Muslime posten Fan-Fotos mit IS-Flaggen und Waffen, so wie Jugendliche ihre jüngste Shopping-Beute auf Instagram vorführen. Und statt sich mit dem Islam und seinen Geboten auseinanderzusetzen, glauben viele junge Islamisten einfach, was ihnen andere radikale Muslime erzählen.

Lindas Entwicklung von einer unauffälligen evangelischen Teenagerin zur muslimischen Frau eines IS-Kämpfers nennen Islamismusexperten »ferngesteuerte Radikalisierung«. Linda ist über das Internet mit Islamisten in Kontakt gekommen und wurde von Menschen, die sie persönlich gar nicht kannte, dazu verleitet, in den Irak zu reisen. Der Kampf um neue Anhänger findet im Internet vor allem auf Facebook, aber auch auf Twitter, in geschlossenen Chatgruppen und WhatsApp-Gruppen statt.

Rund 1000 radikalisierte Muslime sind bisher aus Deutschland zum IS gereist, ein Fünftel davon sind Mädchen und Frauen, die meisten von ihnen jünger als 30 Jahre.[4] Was ihnen vermutlich nicht klar ist, sind die Gefahren, denen sie sich aussetzen: Immer wieder berichten Rückkehrerinnen, Frauen würden beim Islamischen Staat gezwungen, IS-Kämpfer zu heiraten, sie würden missbraucht und vergewaltigt. Ihre Aufgabe sei es vor allem, Kinder zu gebären, sich um Haushalt und Verletzte zu kümmern und den Männern zu dienen, die meist als Kämpfer oder Selbstmordattentäter ausgebildet werden. Etwa 150 Islamisten aus Deutschland sind bisher in Syrien und im Irak getötet worden. Der Weg zurück nach Deutschland ist schwierig. Gerade für Frauen ist es fast unmöglich, zurückzukehren, denn alleine reisen dürfen sie im IS nicht. Und Hilfe finden sie selten.

Wenn Ausgereiste dann doch nach Deutschland zurückkehren, warten auch hier oft große Schwierigkeiten auf sie. Sobald Verfassungsschutz und Polizei von der Rückkehr erfahren haben, wird gegen die Rückkehrer wegen Mitgliedschaft in einer terroristischen Vereinigung ermittelt. Außerdem begegnen ihnen dann viele Menschen mit Angst und Skepsis. Denn niemand weiß, ob sie nicht allein deswegen zurückgekehrt sind, um in Deutschland einen Terroranschlag vorzubereiten. Lindas Nachbarn hoffen, dass sie nicht in ihren Heimatort zurückkehrt. Sie haben Angst, Linda könnte zur Selbstmordattentäterin werden.[5] Wie die letzten Jahre gezeigt haben, sind Islamisten, egal ob sie vom IS zurückgekehrt oder nie ausgereist sind, eine konkrete Gefahr für die Sicherheit. Zwischen 2006 und 2016 wurden in der EU 47 islamistische Anschläge gezählt,[6] allein 2016 starben dabei etwa 140 Menschen.[7]

Islamismus in Deutschland

Nicht immer ist sicher, ob ein Verbrechen ein terroristisch motivierter Anschlag war oder ein Amoklauf, ein Verbrechen aus Eifersucht oder die Tat eines psychisch Kranken. Der Anschlag auf einen Berliner Weihnachtsmarkt im Dezember 2016 wird einhellig als islamistisch motiviert betrachtet.[8] Als hingegen ein junger Mann im Sommer 2017 in Hamburg einen Menschen erstach und mehrere andere verletzte, wurde lange darüber debattiert, ob der Palästinenser wirklich einen Terroranschlag begehen wollte oder ob er einfach wütend darüber war, dass sein Asylantrag abgelehnt wurde. Im Herbst 2017 wurde er wegen Mordes, Mordversuchs und Körperverletzung angeklagt, nicht aber wegen eines terroristischen Anschlags. Denn Einzeltäter, die nicht Mitglied in einer terroristischen Vereinigung sind, können in Deutschland nicht als Terroristen angeklagt werden.[9]

In Deutschland gelten etwa 24400 Menschen als Islamisten. Laut Bundeskriminalamt sind darunter rund 700 islamistische Gefährder, also Islamisten, die möglicherweise einen Anschlag planen. Die typischen Dschihadisten in Deutschland sind männlich, im Durchschnitt 24 Jahre alt, die Hälfte von ihnen hat die deutsche Staatsbürgerschaft. Die meisten sind gut ausgebildet, haben aber einen schlecht bezahlten Job. Viele sind gerade erst zum Islam konvertiert, die meisten aber sind mit dem Islam aufgewachsen. Mehr als die Hälfte von ihnen hatte schon vor ihrer Ausreise zum IS gegen das Gesetz verstoßen, hatte geklaut, mit Drogen gehandelt oder andere Menschen verletzt.

Die bekannteste islamistische Gruppe in Deutschland sind die Salafisten. Nicht alle Salafisten sind extremistische Muslime, viele von ihnen lehnen Gewalt ab. Doch bisher hatten alle radikalen Muslime in Deutschland auch Kontakt in die salafistische Szene. Der Verfassungsschutz schätzt, dass rund 8500 Salafisten in Deutschland leben. Das sind nicht viele, verglichen mit den 4,7 Millionen Muslimen im Land. Doch es werden jedes Jahr mehr.[10]

Sorgen bereiten vielen Menschen auch die Flüchtlinge, die seit ein paar Jahren nach Deutschland kommen. Die meisten von ihnen sind selber vor Terror und Gewalt geflohen und wollen einfach nur in Frieden leben. Doch das ist oft auch in Deutschland nicht einfach. Bei uns herrscht zwar kein Krieg, aber hier werden Flüchtlinge mit anderen Unsicherheiten konfrontiert. Sie wissen nämlich oft nicht, ob sie in Deutschland bleiben können. Das bedeutet: Bis über ihren Asylantrag entschieden wurde und der Aufenthaltsstatus geklärt ist, können sie hier nicht arbeiten, sich keine Wohnung suchen, wissen vielleicht nicht, wo sie in der nächsten Woche sein werden. Diese Perspektivlosigkeit kann dazu führen, dass sich auch Flüchtlinge radikalisieren. Vielleicht weil sie voller Wut auf den deutschen Staat sind, der es ihnen so schwer macht, sich hier ein normales Leben aufzubauen. Oder weil sie verzweifelt sind wegen ihres Lebens in der Warteschleife und endlich irgendetwas tun wollen. Oder weil sie sich als Muslime in Deutschland diskriminiert fühlen und sich in dem Glauben bestätigt sehen, dass die »Ungläubigen« bekämpft werden müssen. Vor allem unbegleitete minderjährige Flüchtlinge können leicht in die Fänge von Islamisten geraten. Denn die radikalen Muslime versuchen den jungen Menschen, die ohne Familie in einem fremden Land leben, den Eindruck zu vermitteln, sie würden ihnen Halt und ein Stück ihrer Heimat zurückgeben.

Ausstieg aus dem Islamismus

Die Hilfsangebote für radikale Muslime, die aussteigen wollen, sind noch lange nicht so zahlreich, wie sie sein sollten. Die meisten Präventionsprojekte gibt es in großen Städten, auf dem Land dagegen fehlen häufig Beratungsstellen. Dort müssen Betroffene meist zum Telefon greifen oder im Internet suchen. Hilfe bieten die »Beratungsstelle Radikalisierung« des Bundesamts für Migration und Flüchtlinge (unter 0911/943 43 43 oder beratung@bamf.bund.de) und die Organisation Hayat (0157/71359963 oder 030/23489335 oder info@hayat-deutschland.de). Beide sind auch Anlaufstelle für Angehörige. Die Hotline von Hayat gibt es seit 2012, bis September 2016 waren mehr als 2500 Hilferufe eingegangen. Beratungsstellen helfen ehemaligen Islamisten zurück in ein normales Leben. Für Ausstiegswillige bieten sie Gruppentherapien und Einzelgespräche an, helfen bei der Job- und Wohnungssuche und bieten Orientierung im Alltag außerhalb der strengen Regeln des Islam. Und sie greifen ein, wenn im Gespräch mit Angehörigen oder Lehrern deutlich wird, dass Gefahr droht, wenn sich also jemand so radikalisiert hat, dass er für sich und andere gefährlich sein könnte.

Wichtig ist, so früh wie möglich bei einer Beratungsstelle anzurufen, also schon wenn ein erster Verdacht besteht, dass sich das eigene Kind, der Freund, die Schwester oder ein Schüler radikalisiert haben könnte. Manchmal geht es dabei um Stunden, denn eine Ausreise zum IS oder ein Anschlag in Deutschland brauchen nicht immer viel Zeit.

Die Sozialarbeiter und Psychologen der Beratungsstellen sprechen dann den Betroffenen an, eventuell informieren sie die Polizei, die den Reisepass einziehen und damit eine Ausreise verhindern kann. Danach versuchen die Mitarbeiter der Beratungsstelle, den Jugendlichen wieder in einen normalen Alltag zurückzubringen. Dafür muss niemand dem Islam den Rücken kehren. Der muslimische Glaube ist ja nicht das Problem, sondern vielmehr die radikale Einstellung, »Ungläubige« bekämpfen zu müssen. Am Glauben festhalten zu können, macht den Austritt aus der Szene für religiöse Extremisten einfacher als für politische. Denn die Religion, die ja Teil ihrer Identität ist, bleibt ihnen erhalten.[11] Islamisten, die aus der Szene aussteigen wollen, müssen allerdings lernen, sich mit ihrem Glauben kritisch auseinanderzusetzen und die scheinbar aus ihm abgeleiteten Regeln zu hinterfragen. Damit es ihnen nicht so ergeht wie Linda.

Islamismus in islamischen Ländern

Nun könnte man ja sagen, wenn diesen strengen Muslimen das Leben in westlichen Ländern nicht gefällt, sollen sie in ein muslimisches Land ziehen. Zum Beispiel nach Marokko,

Ägypten, Saudi-Arabien oder in den Iran. Denn in den meisten muslimischen Ländern ist die Scharia die Gesetzesgrundlage und der Islam ist Staatsreligion. Doch Islamisten werfen den meisten muslimischen Ländern vor, sich dem Westen zu sehr angepasst zu haben. Ihrer Meinung nach lebt kein muslimisches Land komplett nach den Regeln des Koran. Manche muslimischen Staaten wie Ägypten, Syrien oder Algerien haben sich sogar offen dagegen gewehrt, Forderungen von Islamisten umzusetzen.

Deswegen bekämpfen Islamisten auch muslimische Staaten. Die meisten islamistischen Attentate richten sich gegen andere Muslime in muslimischen Ländern.[12] Die Länder, die am stärksten von Terrorismus betroffen sind, sind der Irak, Afghanistan, Nigeria, Pakistan und Syrien. Den Tätern geht es darum, so viele Menschen wie möglich zu töten. Dabei nehmen sie in Kauf, selber zu sterben. Für drei Viertel aller Terroranschläge weltweit waren 2016 nur vier islamistische Gruppen verantwortlich: IS, Boko Haram, die Taliban und al-Qaida. Neben diesen tauchen auch einige andere Namen immer wieder in den Nachrichten auf. Die bekanntesten islamistischen Gruppen weltweit sind:

Islamischer Staat in Syrien und im Irak

Die mächtigste islamistische Gruppe in Syrien und im Irak war bis vor Kurzem noch der Islamische Staat. Diese Gruppe hatte im Sommer 2014 in weiten Teilen des Iraks ein Kalifat ausgerufen, in dem alle Menschen nach den rigiden islamischen Regeln des IS leben sollten. Inzwischen behaupten auch Gruppen in anderen Ländern, etwa in Ägypten und Tunesien, zum IS zu gehören. Doch 2017 hat der IS einen Großteil seiner eroberten Gebiete wieder an kurdische und arabische Truppen verloren. Im Herbst 2017 fiel mit der Stadt Rakka im Norden Syriens seine letzte und wichtigste Bastion.[13] Inzwischen soll es in Syrien und im Irak nicht einmal mehr 3000 Kämpfer des IS geben.

Boko Haram in Nigeria

Im April 2014 hat die Terrororganisation Boko Haram, deren Name so viel bedeutet wie »Westliche Bildung ist Sünde«, mehr als 200 Schülerinnen im Nordosten Nigerias entführt. Noch im selben Jahr rief sie ein Kalifat in dieser Region aus. Gegründet wurde die Organisation 2002, aktuell sollen 9000 Kämpfer zu Boko Haram gehören. Etwa die Hälfte der entführten Mädchen wurde zwar inzwischen befreit oder im Austausch gegen gefangen genommene Kämpfer freigelassen, doch noch immer hat Boko Haram Hunderte, wenn nicht gar Tausende Kinder und Jugendliche in ihrer Gewalt. Mehr als 20000 Menschen hat Boko Haram bisher getötet, 2,6 Millionen sind wegen der Terrororganisation auf der Flucht. Und auch wenn der nigerianische Präsident Muhammadu Buhari die Organisation im Dezember 2016 für besiegt erklärt hat, verübt Boko Haram weiterhin Terroranschläge.

al-Qaida in Afghanistan

Die Terrororganisation al-Qaida (übersetzt »die Basis«) bekannte sich zu den Anschlägen in New York am 11. September 2001 und den Anschlägen in Londoner U-Bahnen und einem Bus im Juli 2005. Als Osama bin Laden die Organisation Ende der 1980er-Jahre gründete, wollte er auf diese Weise jene Kämpfer vereinen, die vorher in Afghanistan gegen die Sowjetunion gekämpft hatten. Ihr gemeinsames Ziel ist es, die Regierungen aller arabischen Länder zu stürzen, möglichst viele muslimische Bewohner in nicht-muslimischen Ländern anzusiedeln, die USA zum Rückzug aus muslimischen Ländern zu zwingen und Israel zu vernichten.[14] Obwohl die USA al-Qaida seit mehr als 15 Jahren bekämpfen und Osama bin Laden 2011 getötet haben, ist die Organisation weiterhin stark und vor allem in Syrien, Teilen Afrikas, dem Jemen und Afghanistan aktiv.

Taliban in Afghanistan

Unterstützt wurde al-Qaida seit Ende der 1990er-Jahre von den Taliban, die sich aus verschiedenen weitgehend eigenständigen Gruppierungen unter dem nominellen Oberbefehl Mulla Omars zusammensetzen und seit den 1990er-Jahren weite Teile Afghanistans beherrschen. In den von ihnen kontrollierten Gebieten müssen Männer Bärte tragen, Musik, Fernsehen und die meisten Sportarten sind verboten, eine Religionspolizei bestraft jeden Fehltritt mit Auspeitschung oder Gefängnis, Frauen dürfen nicht arbeiten, Mädchen nicht in die Schule gehen. Nach den Anschlägen in New York forderten die USA die Taliban auf, Osama bin Laden auszuliefern. Als die sich weigerten, marschierten die USA in Afghanistan ein und stürzten die Taliban.[15] Dennoch halten sie weiterhin weite Teile Afghanistans unter ihrer Kontrolle und sind auch im benachbarten Pakistan aktiv. In beiden Ländern verüben sie immer wieder Anschläge.

Hamas im Gazastreifen

Seit dem Sechs-Tage-Krieg 1967 hält Israel die palästinensischen Gebiete im Westjordanland besetzt. Aus dem Gazastreifen, einem Landstrich am Mittelmeer im Westen Israels, zog das israelische Militär 2005 ab und überließ die Gegend den dort lebenden Palästinensern. Die wählten 2006 die Terrororganisation Hamas (der Name bedeutet so viel wie »Eifer«) an die Macht. 1987 tauchte der Name Hamas zum ersten Mal auf[16], gegründet wurde sie von Scheich Ahmad Yassin, der ursprünglich ein Muslimbruder war. Ziel der Hamas ist es, die Juden aus Israel zu vertreiben und das ganze Land unter muslimischer Herrschaft zu vereinigen. Immer wieder verüben Hamas-Anhänger in Israel Selbstmordattentate und schießen Raketen aus dem Gazastreifen in Richtung Israel[17], die israelische Armee bombardiert im Gegenzug immer wieder Gebiete im Gazastreifen.

Hisbollah im Libanon

Zwischen Israel und Syrien, am östlichen Ufer des Mittelmeers, liegt der Libanon. Hier hat sich vor allem die arme Landbevölkerung radikalisiert und sich der Hisbollah (übersetzt die »Partei Gottes«) angeschlossen. Gegründet wurde sie, um die US-amerikanische und die israelische Armee aus dem Libanon zu vertreiben, die das Land seit 1982 besetzt gehalten hatten. Nachdem Israel im Jahr 2000 aus dem Libanon abgezogen war, wurde die »Befreiung« Jerusalems[18] und die Vernichtung Israels zum neuen Ziel der Hisbollah. Im Libanon unterhält die Organisation Krankenhäuser und Schulen und stellt auch immer wieder Teile der Regierung.

Muslimbruderschaft in Ägypten

Eine der ältesten islamistischen Gruppen ist die Muslimbruderschaft in Ägypten. 1928 von dem Lehrer Hassan al-Banna gegründet, fordert sie schon seit Beginn des 20. Jahrhunderts in muslimischen Ländern die Errichtung eines islamischen Systems mit islamischem Recht.[19] Ihrer Meinung nach sind die Gesellschaften im Nahen Osten – also in Ländern wie Ägypten, Jordanien und Syrien – nicht im eigentlichen Sinne muslimisch. Die Muslimbruderschaft wurde von der ägyptischen Regierung immer wieder verfolgt, ihre Anhänger wurden ins Gefängnis gesteckt oder zum Tode verurteilt. Im Sommer 2012 allerdings wählten die Ägypter die Muslimbruderschaft an die Regierung, zum ersten Mal wurde ein Muslimbruder, Mohammed Mursi, Präsident des Landes. Aber schon ein Jahr später setzte die Armee den Präsidenten wieder ab und übernahm selbst die Herrschaft im Land. Die Muslimbruderschaft wurde danach wieder verboten, dennoch hat sie in Ägypten weiterhin schätzungsweise eine Million Mitglieder.

al-Shabaab in Somalia

Ihr Name bedeutet eigentlich nur »Die Jugend« oder »Die Jungs«, doch so harmlos wie das klingt, ist diese Gruppierung nicht. Al-Shabaab wurde 2006 ursprünglich von zwei muslimischen Gruppen gegründet, um in dem Bürgerkriegsland Somalia für Ordnung zu sorgen und eine neue Regierung militärisch zu unterstützen. Noch im gleichen Jahr wurde dieser Versuch, eine Regierung zu bilden, von äthiopischen und US-amerikanischen Truppen niedergeschlagen. Seither kämpfen al-Shabaab aus dem Untergrund. Sie sind verantwortlich für die blutigsten Terroranschläge des afrikanischen Kontinents. Im Oktober 2017 starben mehr als 350 Menschen in Somalias Hauptstadt Mogadischu, als ein mit Sprengstoff beladener LKW vor einem Hotel explodierte. Bei einem Anschlag in einem Einkaufszentrum in Kenias Hauptstadt Nairobi erschossen im Jahr 2013 Kämpfer der Miliz all jene, die keine Koranverse aufsagen konnten. Al-Shabaab will in Somalia und den angrenzenden Ländern einen Gottesstaat errichten, im Moment kontrollieren sie aber nur wenige ländliche Regionen. Die Miliz wurde zwar 2011 aus Mogadischu vertrieben, verübt dort aber trotzdem immer wieder Attentate, vor allem in Vierteln, die bei wohlhabenden Somaliern und Ausländern beliebt sind.

Doch in vielen muslimischen Ländern regt sich inzwischen Widerstand. Die Menschen wollen den Extremismus in ihrer Mitte nicht länger hinnehmen. In Ägypten zum Beispiel ist es verboten, Juden und Christen als Ungläubige zu bezeichnen. In Saudi-Arabien durften Frauen 2015 zum ersten Mal bei Kommunalwahlen ihre Stimme abgeben und selber kandidieren, ab 2018 sollen sie ihren Führerschein machen dürfen.[20] Im Iran und in anderen muslimischen Ländern wenden sich sogar immer mehr – vor allem junge – Menschen von der strengen Auslegung des muslimischen Glaubens ab.

Doch auch die gegenteilige Tendenz, sich zu radikalisieren, gibt es. So wie bei Linda aus Sachsen. Ihre Reise zum IS verlief allerdings nicht, wie sie sich das vorgestellt hatte.

Gefangen in Bagdad

Einen Monat nach ihrer Abreise aus Deutschland kommt Linda 4000 Kilometer weiter südöstlich in Mossul an und wird mit einem Mann aus Tschetschenien verheiratet, einem Kämpfer des IS. Er stirbt schon kurz nach der Hochzeit im Kampf. Linda lebt von da an als Witwe im Irak.

Im Juli 2017 befreit die irakische Armee die Stadt Mossul, irakische Soldaten durchkämmen die Stadt nach Anhängern des IS, auch nach den Frauen. Linda versteckt sich in einem Tunnelsystem unter der Altstadt.[21] Dort ist sie die einzige Deutsche, neben ihr sitzen Irakerinnen und Syrerinnen. Schließlich spüren Soldaten die Frauen auf. Mit Linda posieren sie für Handyfotos, die Bilder gehen um die Welt. Sie zeigen ein blasses Mädchen mit struppigen langen Haaren.[22]

Wenige Tage später sitzt Linda in einer Krankenstation im Süden Bagdads. Es ist Sommer im Irak, 46 Grad. In Lindas Oberschenkel klafft eine Schusswunde, in ihrem Knie steckte ein Granatsplitter[23], die Wunden sind verbunden. Eigentlich sollte sie in einem Krankenhaus in Badgad behandelt werden. Doch dort wäre Linda nicht sicher gewesen, denn dort werden auch Opfer des IS versorgt. Die Angehörigen der Opfer hätten sich vielleicht an Linda gerächt. Denn so jung sie noch ist, sie gehört zum Feind. Die Frauen des IS haben die Kämpfer unterstützt, einige haben sich sogar selbst in die Luft gesprengt, um möglichst viele Menschen mit in den Tod zu reißen.

Der Bundesnachrichtendienst will Linda wieder nach Deutschland holen. Doch vorerst bleibt sie im Irak inhaftiert. Dort wird ihr der Prozess gemacht. Allein für den illegalen Grenzübertritt in den Irak drohen Linda nach dortigem Jugendstrafrecht dreieinhalb Jahre Haft, für die Heirat mit einem IS-Kämpfer sogar die Todesstrafe. In Deutschland ermittelt die Staatsanwaltschaft gegen Linda. Ihr wird vorgeworfen, einen Terroranschlag mit vorbereitet zu haben und Mitglied in einer terroristischen Vereinigung zu sein, beides wird strafrechtlich verfolgt.

Inzwischen bereut Linda, sich dem IS angeschlossen zu haben. »Ich habe genug vom Krieg, von den Waffen, von all dem Leid«, sagt sie. Und: »Ich will nach Hause.«[24]

DENKANSTOSS

Jeder Mensch sucht nach einem Sinn im Leben. Gerade wenn man jung ist, brennen solche Fragen besonders: Was will ich mit meinem Leben anfangen? Wie kann ich die Welt etwas besser machen? Wer gibt mir Halt und kann ein gutes Vorbild sein? Islamisten geben darauf einfache Antworten. Ihre Ideologie trennt die Welt in gute Menschen, die den Gesetzen des Koran folgen, und schlechte Menschen, die den strengen Glauben der Islamisten ablehnen. Ihre Kritik an der westlichen Welt ist in einigen Punkten sogar berechtigt: Das Leben hier ist tatsächlich stark konsumorientiert. In unseren Wirtschaftssystemen geht es oft rücksichtslos um ständiges Wachstum, auch auf Kosten von Mensch und Natur. Dazu setzen sich viele Menschen selbst unter Druck, weil sie immer wohlhabender, schöner, erfolgreicher sein wollen als andere. In Deutschland fehlen Arbeitnehmer heutzutage drei Mal so häufig wegen psychischer Erkrankungen am Arbeitsplatz wie vor 20 Jahren.[25] Der Zusammenhalt in den Familien bröckelt, viele Menschen fühlen sich einsam. Das »einfache« Leben hat an Wert verloren. Das Leben also, in dem Menschen glücklich sind mit dem, was sie haben, in dem sie sich aneinander und an der Natur erfreuen und sich nicht ständig neu beweisen müssen. Deswegen sollten wir uns fragen: Was sind unsere Werte? Wie wollen wir leben? Was macht uns wirklich glücklich? Die Antworten darauf dürfen selbstverständlich nie zu einer extremistischen Ideologie führen. Sie sollten uns im Gegenteil zu sozialem und politischem Engagement motivieren, das das Wohl aller Menschen im Blick hat.

ANDERER RELIGIÖSER EXTREMISMUS

Judentum

Yossi Jacobs wohnte nur 40 Kilometer vom Mittelmeer entfernt. Trotzdem hat er als Kind nie im Meer gebadet. Er sah andere Jungs auf den Straßen Fußball spielen, aber selber gegen einen Ball treten durfte er nicht. Und als er älter wurde, wäre er gern mal mit einem Mädchen ausgegangen. Aber auch das war, wie so vieles, verboten. Denn Yossi ist in einer ultraorthodoxen, also einer sehr streng religiösen, jüdischen Familie aufgewachsen.

Ultraorthodoxe Juden gelten als eine der extremsten Gruppen des Judentums, sie werden auch als **charedisch** (von *charada* – zu deutsch »Furcht«) bezeichnet[26] (etwas gemäßigter sind die **chassidischen Bewegungen**, *chassidisch* kommt von dem hebräischen Wort für »fromm«). Ihr ganzes Leben ist darauf ausgerichtet, sich an die Gebote zu halten, die in den heiligen jüdischen Schriften stehen, der Torah und dem Talmud. 613 Gebote sind es, geschrieben vor Tausenden von Jahren, an die sich diese strenggläubigen Juden halten wollen und die sie in das moderne Leben übertragen müssen. Vom ersten Gebet am Morgen bis zum Nachtgebet ist der gesamte Tagesablauf vorgeschrieben. Moderne Filme, Musik und Tanz sind verboten. T-Shirts, kurze Hosen, kurze Röcke oder Kleider sind verboten. Der Kontakt zwischen Männern und Frauen, die nicht verwandt oder verheiratet sind, ist verboten. Die Männer sollen möglichst ihr ganzes Leben lang die jüdischen Schriften studieren, die

Frauen sollen möglichst viele Kinder bekommen und Geld verdienen. »Für ultraorthodoxe Juden ist das Leben sehr, sehr ernst«, erzählt Yossi, »Man tut nur, was dem Herrn gefällt. Diesen Ansprüchen wird niemand gerecht – man fühlt sich immer schuldig.« Yossi wuchs in der Nähe von Jerusalem auf, dem religiösen Zentrum der Juden. Hier steht die Klagemauer, an der Juden aus aller Welt beten, hier stand vor rund 2000 Jahren der zweite jüdische Tempel, und hier leben sehr viele ultraorthodoxe Juden.

Ein strenger Glaube allein macht einen Menschen aber natürlich nicht zu einem religiösen Extremisten. Erst wenn dazu noch die Ablehnung der demokratischen Gesellschaft und der Menschenrechte kommt, spricht man von Extremismus. Das ist bei vielen ultraorthodoxen Juden der Fall. Wie viele von ihnen tatsächlich bereit sind, ihre moralischen Vorstellungen und ihre Lebensweise auch mit Gewalt anderen Menschen aufzuzwingen und für ihre Überzeugungen gegen die Gesellschaft zu kämpfen, lässt sich kaum schätzen. Aber immer wieder fallen ultraorthodoxe Juden auf, die lautstark gegen eine offene Gesellschaft und gegen Gleichberechtigung protestieren – und sogar für ihre Überzeugungen töten. Im Sommer 2015 stach ein ultraorthodoxer Jude auf der Gay-Parade in Jerusalem auf mehrere Menschen ein und tötete ein 16-jähriges Mädchen. Sie war bei der Parade mitgelaufen, um Solidarität mit ihren homosexuellen Freunden zu zeigen.[27] Homosexualität auszuleben ist bei ultraorthodoxen Juden verboten. Im Sommer 2017 griffen ultraorthodoxe Juden mehrfach israelische Soldaten an, vor allem solche, die selbst aus der ultraorthodoxen

Gemeinschaft kamen. Denn viele Ultraorthodoxe lehnen den jüdischen Staat und besonders die Wehrpflicht ab. Jedwede Autorität darf ihrer Meinung nach nur von Gott kommen. Sie glauben, einen jüdischen Staat dürfe es erst nach der Ankunft des Messias geben. Außerdem werfen sie dem israelischen Staat vor, ihre Regeln, wie etwa die Trennung von Männern und Frauen, nicht streng genug durchzusetzen.

Ein Teil der ultraorthodoxen Juden ist also extremistisch. Aber nicht alle extremistischen Juden sind ultraorthodox. Es gibt auch jüdische Extremisten, die ihren Glauben weniger streng auslegen. Trotzdem kämpfen sie gegen eine offene Gesellschaft mit gleichen Rechten für alle. Im Osten von Israel liegt das Westjordanland, das von der israelischen Armee besetzt ist. Dort leben vor allem muslimische und christliche Palästinenser. Aber auch immer mehr jüdische Israelis. Sie wohnen in Städten, die die israelische Regierung seit Jahrzehnten im Westjordanland bauen lässt. Manche Israelis gründen auch ohne Erlaubnis der Regierung eigene solcher Siedlungen im Westjordanland, weil sie das Land für sich beanspruchen. Diese extremistischen Juden gehen häufig mit Gewalt gegen ihre palästinensischen Nachbarn vor, um sie zu vertreiben. Im Sommer 2015 warfen extremistische jüdische Siedler mitten in der Nacht Molotowcocktails in ein Haus in einem palästinensischen Dorf. Die Brandsätze töteten einen 18 Monate alten Jungen und seine Eltern[28], der vierjährige Bruder überlebte schwer verletzt.[29] Diese willkürlichen Angriffe auf Palästinenser (meist Brandanschläge, Steinwürfe oder Zerstörung von palästinensischem Eigentum oder Ackerland) – und manchmal auch auf israelische Armeestützpunkte im Westjordanland – werden »Price-Tag-Angriffe« genannt. Damit ist der Preis gemeint, den die Palästinenser beziehungsweise die israelische Regierung zahlen müssen, wenn sie israelische Siedler angreifen oder illegale jüdische Siedlungen abreißen lassen. Gelegentlich verwüsten jüdische Extremisten auch Kirchen und Moscheen, um gegen die »fremden Götter« zu protestieren.

Angriffe jüdischer Extremisten gab es schon in den Jahren vor der Gründung Israels 1949. Die Gewalt richtete sich anfangs vor allem gegen Muslime und Christen, die ebenfalls dort lebten, sowie gegen die britische Besatzungsmacht. Später griffen jüdische Extremisten auch ihre eigenen Politiker an. 1995 ermordete ein jüdischer Israeli den israelischen Premierminister Jitzchak Rabin. Rabin hatte sich für Frieden mit den Palästinensern eingesetzt und wollte dafür das Westjordanland an die Palästinenser abtreten. Strenggläubige Juden lehnen das ab, weil sie der Meinung sind, dass ihnen dieses Land von Gott versprochen wurde und nur sie hier leben dürfen.

Da ultraorthodoxe und andere strenggläubige Juden viel mehr Kinder bekommen als gemäßigte Juden und sie ihren Kindern ihre radikalen Überzeugungen weitergeben, gibt es immer mehr extremistische Juden in Israel – und damit immer mehr Spannungen im Land. Doch das kann sich ändern. Dann nämlich, wenn die Kinder der strenggläubigen Israelis sich vom strengen Glauben ihrer Eltern lossagen und ihren eigenen Weg suchen.

So erging es Yossi. Er wollte raus aus der ultraorthodoxen Gemeinschaft. Doch sein Ausweg war ein radikaler Schritt: Mit 22 Jahren schnitt er sich die Pulsadern auf. »Ich bin einfach zerbrochen, alles wurde zu viel, all die Schuld«, sagt er drei Jahre nach dem Selbstmordversuch.

Christentum

Auch im Christentum gibt es Gruppen, die extremistische Lehren verbreiten und zum Teil mit Gewalt gegen Andersgläubige oder Christen mit einer anderen Konfession vorgehen. In dem Punkt gleichen sich gewalttätige christliche und gewalttätige muslimische Extremisten – sie alle greifen Menschen an, die ihre religiösen Regeln weniger streng oder gar nicht befolgen. Das Spektrum extremistischer christlicher Gruppen reicht von jenen, die gegen Grundrechte wie Glaubensfreiheit und Gleichberechtigung oder gegen Juden, Muslime und Homosexuelle predigen, bis zu denen, die mit Waffen und Gewalt einen christlichen Gottesstaat errichten wollen.

In der sogenannten **Piusbruderschaft St. Pius X** haben sich Katholiken zusammengeschlossen, die stark an alten Traditionen festhalten. Sie vertreten etwa die Ansicht, dass Mädchen nicht mehr lernen sollten als Hauswirtschaft und Kindererziehung, weil Frauen keine anderen Aufgaben hätten.[30] Außerdem protestieren sie gegen Homosexuelle, leugnen die Schoah und predigen gegen Glaubensfreiheit und andere Religionen[31]. Die Piusbruderschaft wurde 1970 von dem französischen Bischof Marcel Lefebvre (1905–1991) als Protest gegen die Beschlüsse des Zweiten Vatikanischen Konzils (1962–1965) gegründet – etwa Religionsfreiheit und Zusammenarbeit mit der evangelischen Kirche. Die Piusbruderschaft hat sich immer wieder mit der katholischen Kirche überworfen, weil sie deren moderne Regeln nicht umsetzen will und ohne Erlaubnis des Vatikans Priester weiht.[32]

Vor allem in den USA gibt es eine starke Strömung des christlichen Extremismus, die sogenannte **Christliche Rechte**, zu der verschiedene Organisationen und Gruppen gehören.[33] Bekannt wurde vor allem die Westboro Baptist Church, deren Mitglieder seit den 1990er-Jahren immer wieder vehement gegen die Rechte von Homosexuellen protestieren. So stören sie zum Beispiel die Beerdigungen von Homosexuellen und verhöhnen die Verstorbenen.

Die selbsternannte **Army of God**, die in den 1980er-Jahren in den USA gegründet wurde, kämpft vor allem gegen Abtreibungen. Sie schreckt dabei noch nicht einmal vor Mord zurück. Immer wieder platzierten Mitglieder der Army of God selbstgebaute Bomben in Abtreibungskliniken in den USA. 1994 ermordete ein Mitglied der Army of God in Florida einen Abtreibungsarzt und seinen Leibwächter.[34]

Anhänger der Christlichen Rechten streben danach, ein »Neues Israel« oder ein »Reich Christi« zu errichten, eine

Gesellschaft also, die sich allein an biblischen Texten und den Geboten des Christentums orientiert. Daher sperren sie sich auch gegen einige Erkenntnisse der Naturwissenschaften, wie zum Beispiel die Evolutionstheorie. Und sie weigern sich, die Berichte in der Bibel in ihrem historischen Kontext zu verstehen.

Die **Lord's Resistance Army** (LRA, übersetzt: »Widerstandsarmee des Herrn«) wurde 1987 im Norden Ugandas gegründet, mit dem Ziel in Uganda einen christlichen Gottesstaat zu errichten.[35] Ihr Anführer Joseph Kony sieht sich selber als eine Art Messias.[36] Bis 2005 wütete die Miliz vor allem im Norden Ugandas, in den Jahren danach griffen ihre Kämpfer aber auch immer wieder Orte im Südsudan, im Kongo und in der Zentralafrikanischen Republik an. Die LRA hat bisher Zehntausende Menschen getötet, Hunderttausende mussten fliehen. Der Internationale Strafgerichtshof erließ 2005 wegen Verbrechen gegen die Menschlichkeit und Kriegsverbrechen einen Haftbefehl gegen Joseph Kony[37]. Die betroffenen afrikanischen Länder kämpfen seit den 1990er-Jahren mit internationaler Unterstützung gegen die LRA. Heute besteht die Miliz nur noch aus rund 100 Kämpfern, Joseph Kony ist auf der Flucht.

Asiatische Religionen

Dass es auch im Hinduismus und im Buddhismus Extremisten gibt, mag besonders überraschen, weil beide Religionen eigentlich als friedlich und tolerant gelten. Doch der **Hinduismus** wird gerade in Indien immer politischer. Und so gibt es auch dort Extremisten, die ihre Einstellungen und Gewalttaten mit ihrer Religion begründen und religiöse sowie politische Forderungen stellen.[38] Oft verüben sie Gewalt gegen Andersgläubige, meist gegen Christen und Muslime. Das hat historische Gründe: Im 8. Jahrhundert eroberten muslimische Kämpfer weite Teile des heutigen Indien und zwangen die Bevölkerung zur Umkehr zum Islam. Daran erinnern sich die Inder noch heute. Jahrhunderte später wurde Indien von den Briten besetzt. Im 19. Jahrhundert entstanden schließlich politische Strömungen, die gegen die britische Kolonialherrschaft kämpften und eine hinduistische Nation errichten wollten. Daraus entwickelten sich in den 1960er-, 70er- und 80er-Jahren verschiedene gewalttätige hinduistische Gruppen. Sie setzen sich ebenfalls für einen rein hinduistischen indischen Nationalstaat ein[39], in dem nach religiösen Regeln Recht gesprochen wird. Manche ihrer Forderungen konnten sie bereits durchsetzen. So ist es in einigen indischen Bundesstaaten auch Nicht-Hindus verboten, Rinder zu schlachten, denn die Tiere sind im Hinduismus heilig. Zwar ist die Religionsfreiheit in der indischen Verfassung festgeschrieben, doch extremistische Hindus bestehen darauf, dass sich auch Nicht-Hindus an ihre religiösen Regeln halten.[40]

Immer wieder kommt es auch zu gewaltsamen Konflikten, in denen die hinduistische Mehrheit gegen die muslimische Minderheit vorgeht. Im Frühjahr 2002 eskalierte in Nordindien ein jahrzehntealter Streit zwischen Hindus und Muslimen um einen Tempel in der Stadt Ayodhya, der an dem Ort gebaut werden sollte, an dem der Überlieferung nach ein hinduistischer Gott geboren worden war. Jahrhundertelang hatte dort eine Moschee gestanden, 1992 wurde sie von radikalen Hindus zerstört. Seitdem reisten immer wieder hinduistische Pilger und Demonstranten nach Ayodhya, um den Bau eines hinduistischen Tempels zu fordern. 2002 geriet ein Zug mit hinduistischen Pilgern und Demonstranten in Brand. Aus Rache für die Menschen, die in dem Feuer starben, griffen wütende Hindus Muslime an. 2000 Menschen wurden dabei getötet, die meisten von ihnen Muslime. Bis heute ist unklar, ob das Feuer im Zug wirklich durch Brandstiftung entstand oder ob es ein Unfall war.[41]

Wenn **Buddhisten** Gewalt anwenden, hat das oft ebenfalls politische Gründe. Ein Beispiel ist Tibet, wo buddhistische Mönche gegen die chinesische Besatzung kämpfen. Außerdem gibt es einige gewaltbereite buddhistische Sekten, unter anderem in Japan und China.[42] In Sri Lanka und Myanmar hetzen beispielsweise der buddhistische Mönch Ashin Wirathu und seine radikale Bewegung Bodu Bala Sena (was übersetzt so viel bedeutet wie »Buddhistische Streitmacht«) gegen Muslime, rufen zum Boykott muslimischer Geschäfte auf und schrecken auch vor Gewalt nicht zurück. Dabei dürfen buddhistische Mönche eigentlich gar nicht politisch aktiv sein. Schließlich hatte sich Buddha von der Welt abgewandt und rein spirituell gelebt.[43] Und auch an das Tötungsverbot im Buddhismus halten sich buddhistische Extremisten nicht. Ihre Opfer sind fast immer Muslime, weil die buddhistischen Extremisten den Islam in ihren Ländern als Bedrohung empfinden, nachdem er ihnen zur

Zeit der Vorherrschaft der muslimischen Länder als Religion aufgezwungen wurde. In Myanmar, wo die Mehrheit der Bevölkerung Buddhisten sind, wird die muslimische Minderheit der Rohingya seit Jahrzehnten verfolgt. Im Sommer 2017 waren 270000 Rohingya auf der Flucht vor buddhistischen Ausschreitungen.[44]

In Indien gibt es noch eine weitere Religion, den **Sikhismus**, der Elemente des Hinduismus und des Islam in sich vereint. Auch unter den Sikh gibt es extremistische Gruppen, die einen eigenen Staat im Nordwesten Indiens und in einigen Gebieten Pakistans gründen wollen. Um ihre Ziele durchzusetzen, verüben sie unter anderem Bombenattentate.[45] Extremistische Gruppen der Sikh sind auch in Europa aktiv[46], hier werben sie um Anhänger und um finanzielle Unterstützung.[47]

Scientology

Wie der Satanismus, der UFO-Kult oder andere esoterische Gruppen, so gilt auch die Scientology-Organisation (oder auch »Scientologische Kirche«) als Sekte. 1954 gründete der Buchautor Lafayette Ron Hubbard in den USA diese Glaubensgemeinschaft, deren Glaubensgrundlage Hubbards Buch *Dianetik – Die moderne Wissenschaft der geistigen Gesundheit* ist. In ihr mischen sich buddhistische Vorstellungen, der Glaube an Außerirdische und psychologische Manipulation. Die innere Organisation von Scientology ist totalitär.[48]

Scientologen glauben, dass der Mensch ein »unsterbliches geistiges Wesen mit unbegrenzten Fähigkeiten ist«[49]. Diese Fähigkeiten will die Organisation in ihren Mitgliedern durch Kurse und regelmäßige Gespräche mit höherrangigen Mitgliedern wiedererwecken und dadurch vermeintlich »perfekt funktionierende Menschen« erschaffen.[50] Scientology wirbt vor allem damit, ihre Mitglieder zu spiritueller Erleuchtung, persönlicher Freiheit und Glück zu führen.

Mit kostenlosen Persönlichkeitstests oder Informationsständen zu unverfänglichen Themen, wie dem Kampf gegen Drogen oder für Menschenrechte, versucht Scientology Interessierte anzusprechen. Wer danach mehr Informationen haben möchte, der wird an ein Scientology-Zentrum in seiner Nähe verwiesen.[51] Immer wieder versuchen Scientologen auch, unter dem Deckmantel einer Organisation, die sich angeblich für Drogen- oder Kriminalitätsbekämpfung einsetzt, neue Mitglieder zu werben. Dass Scientology hinter einer solchen Organisation oder auch hinter einer Kunstausstellung[52] steckt, ist oft nicht leicht zu erkennen. Scientology versucht auf diese Weise, an Namen und Adressdaten von Menschen zu kommen, die sie dann gezielt werben können.

Scientology bemüht sich, besonders junge Menschen anzulocken, und verschickt deshalb ihre Broschüre »Der Weg zum Glücklichsein« auch an Schulen, bietet Nachhilfeprogramme an oder wirbt im Internet für einen Persönlichkeitstest, den man allerdings nur machen kann, wenn man den eigenen Namen, die E-Mail-Adresse und andere Daten hinterlässt. Die Auswertung gibt es schließlich nur persönlich im nächstgelegenen Scientology-Zentrum.

So einfach der Einstieg ist, so schwierig ist der Ausstieg. Denn Aussteiger werden bedroht, erhalten hohe Rechnungen für die Leistungen, die sie bei Scientology angeblich erhalten haben, oder werden auf andere Weise drangsaliert. Wer lang genug dabei war, hat wahrscheinlich in einem der vielen Gespräche zur Selbstoptimierung, an denen Mitglieder regelmäßig teilnehmen müssen, Informationen über sich selbst preisgegeben, die die Organisation nun gegen denjenigen verwenden kann.[53]

Kritiker bezeichnen Scientology als Konzern oder Unternehmen, das sich einen religiösen Deckmantel übergeworfen hat und von seinen Mitgliedern vor allem eins will: Geld. Denn die Mitglieder zahlen für die von Scientology angebotenen Selbstoptimierungskurse. Es ist allerdings umstritten, ob man Scientology wirklich als extremistisch bezeichnen kann. Denn wer sich dieser Gemeinschaft anschließt, tut das vor allem, um sich selbst zu »optimieren«, aber nicht, um gegen die bestehende Gesellschaftsordnung zu kämpfen. Scientology als Organisation möchte die Gesellschaft allerdings sehr wohl verändern, die bestehende Gesellschaftsordnung abschaffen und durch eine scientologische Ordnung ersetzen. In dieser scientologischen Gesellschaft würden Menschenrechte nicht für jeden gelten, die Meinungs- und Pressefreiheit wären abgeschafft ebenso wie die Demokratie und die Gewaltenteilung, und jeder Gegner würde verfolgt.[54]

Deswegen beschloss die Innenministerkonferenz 1997, Scientology in Deutschland vom Verfassungsschutz beobachten zu lassen. Inzwischen haben einige Bundesländer diese Beobachtung wieder eingestellt, weil Scientology nicht mehr so einflussreich ist wie in den 1990er-Jahren und stattdessen andere extremistische Gruppen stärker beobachtet werden müssen. In Deutschland gehören noch etwa 3500 Menschen zu Scientology. Als Islamisten gelten sieben Mal so viele.

Ein neues Leben

Wenn Extremisten aus ihrer Szene aussteigen, ändern sie ihr Leben manchmal um 180 Grad und wenden sich einer komplett gegenteiligen Auffassung zu. Satanisten werden beispielsweise zu Christen, Neuheiden werden Muslime, Scientologen werden zu Atheisten. Und Yossi, der als ultraorthodoxer Jude aufgewachsen war? Als Jugendlicher sollte er die heiligen Schriften studieren statt einen Beruf zu erlernen, musste auch im Hochsommer einen schwarzen Anzug und einen breitkrempigen Hut tragen, durfte fremde Frauen nicht einmal anschauen. Nach seinem Selbstmordversuch war ihm klar: Wenn er nicht aussteigt, geht er an den starren Regeln der ultraorthodoxen Gemeinschaft endgültig kaputt. Er wandte sich an die Organisation Hillel, die in Israel ultraorthodoxe Juden bei einem Ausstieg unterstützt, und begann seinen Weg in ein modernes Leben. Statt die Torah zu lesen, lernte er, Autos zu reparieren. Statt schwarzem Mantel trug er ein pinkfarbenes T-Shirt zur lilafarbenen Jeans. Statt strenger Enthaltsamkeit führt er Beziehungen mit mehreren Frauen gleichzeitig. Und ist bei all dem weiterhin auf der Suche nach Gott.

DENKANSTOSS

Sowohl einzelne Mitglieder einer Religionsgemeinschaft als auch Glaubensgemeinschaften als Ganzes können extremistisch sein. Das gilt vor allem für Sekten.[55] Sie lassen keine andere Weltanschauung gelten, lehnen Prinzipien wie Gleichberechtigung, freie Meinungsäußerung, das Recht auf freie Wahl des Partners, des Lebensstils oder der Religion ab, verachten und diskriminieren Anders- und Nichtgläubige und werden ihnen gegenüber sogar gewalttätig. Oft unterdrücken sie auch ihre eigenen Anhänger. Dass es in nahezu allen großen Religionen extremistische Strömungen gibt, zeigt, dass die Welt nicht einfach in Gut und Böse einzuteilen ist. Intoleranz und radikale Ansichten können auch in den vermeintlich friedlichsten Gruppen vorkommen. Und nicht jede Gruppe verhält sich tatsächlich friedlich, nur weil sie Frieden und Toleranz predigt. Nicht alles ist, wie es scheint. Deswegen ist es wichtig, jede Weltanschauung und jedes Angebot, das eine religiöse Organisation macht, zu hinterfragen – sei es ein kostenloser Persönlichkeitstest oder der sichere Weg in den Himmel.

KAPITEL SECHS

Maßnahmen gegen Extremismus

Woran erkennt man Extremisten?

Um die Gesellschaft vor Extremisten zu schützen, muss man Extremisten erst einmal erkennen. Und dafür muss man einiges über die jeweilige Szene wissen. Das ist in erster Linie Aufgabe staatlicher Institutionen. Doch auch Freunde, Familie, Mitschüler oder Kollegen können oft erkennen, wenn sich jemand radikalisiert, ohne dafür selbst Fachwissen über eine extremistische Szene haben zu müssen. Typische Merkmale für eine Radikalisierung sind etwa:

- Die Betroffenen verändern ihre Lebensweise innerhalb kurzer Zeit radikal, sie nehmen neue Essgewohnheiten an (verzichten zum Beispiel auf Schweinefleisch oder Alkohol), geben ihre Hobbys auf, tragen auf einmal völlig andere Kleidung (Kopftuch oder Hosen, die knapp über den Knöcheln enden,[1] oder Kleidung eindeutig rechter Marken) und bezeichnen ihren früheren Lebensstil plötzlich als schlecht oder gar »sündhaft«.
- Alles, worauf die Betroffenen bisher hingearbeitet haben – Ausbildung, Studienabschluss oder besondere sportliche Leistungen –, wird auf einmal unwichtig.

- Die Betroffenen ändern ihr Verhalten drastisch, ein Mann weigert sich vielleicht plötzlich, einer Frau zur Begrüßung die Hand zu geben, oder redet auf einmal besonders abfällig über Ausländer.
- Der Kontakt zu Freunden und teilweise auch zur Familie wird abgebrochen, neue Freunde und ein neues Umfeld, das erkennbar extremistisch ist, werden für die Betroffenen zum neuen Lebensmittelpunkt. Manchmal übt auch ein neuer Partner, der extremistische Ansichten vertritt, großen Einfluss auf die Betroffene aus.
- Die neue Weltsicht der Betroffenen ist stark in Gut und Böse unterteilt.
- Kritik an der neuen politischen oder religiösen Einstellung wird vehement abgewehrt. Wer die Betroffenen kritisiert, gilt selbst als deren Feind.
- Die Betroffenen verwenden zunehmend aggressive Formulierungen, wenn sie über ihre neuen Überzeugungen sprechen.
- Die Schulleistungen brechen ein, weil sich die Betroffenen für diese kapitalistische/ungläubige/gutmenschliche Gesellschaft nicht mehr anstrengen wollen oder sich schlicht nur noch für andere Dinge interessieren und engagieren.
- Deutliche Merkmale sind natürlich auch extremistische Aussagen (online und offline).

Wichtig aber ist: Allein das Aussehen oder die Herkunft sagen natürlich nichts über die Einstellung des jeweiligen Menschen aus. Jemanden als Extremisten anzusehen, nur weil er oder sie Glatze und Springerstiefel, Gebetskappe oder Kopftuch, bunten Iro und durchlöcherte Hosen trägt oder weil er oder sie aus einem arabischen Land oder einem sächsischen Dorf kommt, ist voreilig und schlicht falsch. Ein Generalverdacht und das Gefühl, in der Gesellschaft nicht akzeptiert zu werden, treibt Menschen erst recht in die Fänge extremistischer Gruppen.

Ganz extrem hat sich das gezeigt beim »Krieg gegen den Terror«, den US-Präsident George W. Bush nach den Anschlägen am 11. September 2001 in New York ausgerufen hat. Kurz darauf marschierten die USA in Afghanistan und den Irak ein. Diese Kriege haben den weltweiten Terrorismus nicht bekämpft, sondern befeuert. Beide Länder sind noch mehr im Chaos versunken, ihr politisches System ist instabil, die Menschen fliehen vor dem Krieg – auch nach Europa und in die USA.[2] Die Zahl ausländischer terroristischer Gruppen hat sich seit 2002 mehr als verdoppelt, wie das US-amerikanische Außenministerium ermittelte.[3]

Das gnadenlose, gewaltsame Vorgehen gegen Extremisten ist also keine Lösung. Was ist es dann? Wie gehen der Staat und seine Institutionen gegen Extremismus vor?

Was der Staat und Organisationen gegen Extremismus tun

In der Weimarer Republik konnte noch jeder Artikel der Verfassung mit einer Zweidrittelmehrheit geändert werden. Aber nachdem es einer extremistischen Partei wie der

NSDAP gelungen war, an die Macht zu kommen und Adolf Hitler als Reichskanzler den demokratischen Staat in eine Diktatur umgewandelt hatte (s. S. 47, Kapitel drei – Eine kurze Geschichte des modernen Extremismus), wurde alles getan, damit nie wieder eine extremistische Partei die Regierung in Deutschland übernehmen kann. Deshalb wurde bei der Gründung der Bundesrepublik besonders darauf geachtet, Gesetze zu erlassen, die die Demokratie schützen sollen. Sie sind Ausdruck eines politischen Systems, das oft als »streitbare« oder »wehrhafte Demokratie« bezeichnet wird, weil in ihr Gesetze dafür Sorge tragen sollen, dass die freiheitlich-demokratische Grundordnung geschützt wird, sie also nicht auf legalem Weg oder durch Mehrheitsbeschlüsse aufgehoben werden kann.

Gleich in Artikel 1, Absatz 1 des Grundgesetzes heißt es: »Die Würde des Menschen ist unantastbar. Sie zu achten und zu schützen ist Verpflichtung aller staatlichen Gewalt.« Das ist der höchste Wert, dem unsere Demokratie verpflichtet ist, und bedeutet, dass der Mensch allein, weil er Mensch ist, einen absoluten Wert hat. In den folgenden Artikeln werden weitere Grundrechte aufgelistet, wie das Recht auf die freie Entfaltung der Persönlichkeit, auf körperliche Unversehrtheit und auf die Gleichberechtigung von Mann und Frau. Diese Rechte gelten für alle Menschen im Land.

Vor allem Artikel 79, Absatz 3, die sogenannte »Ewigkeitsklausel«, soll sicherstellen, dass diese Grundrechte und die freiheitlich-demokratische Grundordnung geschützt werden und Artikel 1 bis 20 nicht verändert oder aufgehoben werden können.

Weitere Artikel im Grundgesetz, die ebenfalls die freiheitlich-demokratische Grundordnung sichern sollen, sind:

- Artikel 5, Absatz 3: Nur wer das Grundgesetz befürwortet, darf an Universitäten oder Schulen unterrichten. So soll verhindert werden, dass Extremisten ihre Lehren verbreiten.
- Artikel 9, Absatz 2: Vereine und Organisationen können verboten werden, wenn sie sich gegen die freiheitlich-demokratische Grundordnung oder die Völkerverständigung richten.
  Bisher wurden deutlich mehr rechts- als linksextremistische Vereinigungen verboten, die meisten von ihnen vor 1964.
- Artikel 18: Wer dauerhaft gegen die freiheitlich-demokratische Grundordnung kämpft, dem können gewisse Grundrechte, wie etwa das der freien Meinungsäußerung oder der Versammlungsfreiheit, entzogen werden.
- Artikel 20 beschreibt den demokratischen Verfassungsstaat, zum Beispiel dass alle Staatsgewalt vom Volk ausgeht und dass sich Regierung und Gerichte an die Gesetze halten müssen. In Absatz 4 ist außerdem festgelegt, dass alle Deutschen, wenn kein anderes Mittel möglich ist, Widerstand gegen denjenigen leisten dürfen, der die freiheitlich-demokratische Grundordnung abschaffen will.

- Artikel 21, Absatz 2: Parteien, die gegen die freiheitlich-demokratische Grundordnung handeln oder die Bundesrepublik gefährden, dürfen verboten werden. Seit Gründung der Bundesrepublik wurden erst zwei Parteien verboten, nämlich die Sozialistische Reichspartei (SRP), eine Nachfolgepartei der nationalsozialistischen NSDAP, und die Kommunistische Partei Deutschlands (KPD).[4] Es geht dabei um Parteien, die einen totalitären oder autoritären Staat anstreben. Allein das Bundesverfassungsgericht kann Parteien verbieten.

Wegen der nationalsozialistischen Vergangenheit liegt das Augenmerk der staatlichen Verfassungsorgane vor allem auf dem Rechtsextremismus. So sind Hakenkreuz, Hitlergruß und andere Symbole der Nationalsozialisten ebenso verboten (Strafgesetzbuch § 86a) wie die Leugnung von Verbrechen der Nationalsozialisten oder Aufrufe zu Hass und Gewalt gegen Ausländer und andere Minderheiten (Strafgesetzbuch § 130) und nicht zuletzt die Unterstützung verbotener Parteien und Gruppen (Strafgesetzbuch § 84 und 85). Um diese Verbote durchzusetzen, führt die Polizei bei Verdacht des Verstoßes gegen diese Gesetze unter anderem Razzien bei Mitgliedern extremistischer Gruppen durch, Geld und Besitz der Gruppen werden beschlagnahmt.

Außerdem ist es verboten, eine terroristische Vereinigung zu gründen (Strafgesetzbuch § 129a) oder terroristische Gruppierungen im Ausland zu unterstützen (Strafgesetzbuch § 129b). Und es ist ebenfalls strafbar, jemanden zu kontaktieren, um ihm Anweisungen für eine Gewalttat zu geben, oder sich eine Anleitung für eine Straftat zu besorgen (Gesetz zur Verfolgung der Vorbereitung von schweren staatsgefährdenden Gewalttaten §89a, 89b und 91). Wer sich beispielsweise eine Anleitung zum Bombenbau aus dem Internet herunterlädt, um mit dieser Bombe Menschen zu töten, kann mit bis zu drei Jahren Gefängnis bestraft werden.

Um die Demokratie ausreichend und rechtzeitig zu schützen, kann der Staat bereits gegen Extremisten vorgehen, bevor sie einen Anschlag verüben. Der Staat hat damit die nahezu unmögliche Aufgabe, Straftaten von Extremisten zu verhindern, die noch nicht einmal richtig geplant sind. Dabei muss er vor allem auch gegen Einzelpersonen vorgehen, die meist jahrelang unauffällig leben und plötzlich einen Terroranschlag verüben.

Um die eben genannten Gesetze durchzusetzen und extremistische Straftaten zu verhindern, gibt es in Deutschland verschiedene staatliche Einrichtungen. Die Bundes- und Landesämter für Verfassungsschutz sammeln Informationen über extremistische Gruppen und deren Aktivitäten und werten sie aus. Dazu verfolgen sie, was extremistische Parteien und Gruppen im Internet, in Büchern oder Magazinen veröffentlichen, beobachten verdächtige Extremisten, überwachen deren Telefonate, Brief-, Mail- und Geldverkehr, wenn es den berechtigten Verdacht auf eine Straftat oder ihre Vorbereitung gibt, und manchmal setzen sie auch geheime Informanten ein, die zum Beispiel Mitglieder einer extremistischen Gruppe sind und dem Verfassungsschutz berichten. Außerdem überprüft der Verfassungsschutz alle Personen, denen bei ihrer Arbeit für die Regierung geheime Informationen anvertraut werden. Die Verfassungsschutzbehörden geben ihre Informationen dann an die Innenministerien und die Polizei weiter. In jährlichen Verfassungsschutzberichten werden auch Bürgerinnen und Bürger über die Arbeit des Verfassungsschutzes informiert.

Der polizeiliche Staatsschutz ermittelt bei terroristischen und anderen politisch motivierten Straftaten.[5] Der Bundesnachrichtendienst sammelt Informationen über konkrete Bedrohungen aus dem Ausland, die der Sicherheit der Bundesrepublik gefährlich werden können.[6] Der militärische Abschirmdienst, ebenfalls ein Nachrichtendienst auf Bundesebene, sammelt Informationen, die die militärische Sicherheit und die Bundeswehr betreffen, und gibt sie an das Verteidigungsministerium weiter.

Daneben gibt es verschiedene Zusammenschlüsse von Strafverfolgungsbehörden wie das gemeinsame Terrorismusabwehrzentrum oder das gemeinsame Internetzentrum, in denen Informationen ausgetauscht und Gegenmaßnahmen gegen Extremisten koordiniert werden.

Maßnahmen gegen Islamismus

Um gegen religiösen Extremismus vorzugehen, bedient sich der Staat noch weiterer Maßnahmen. Denn gerade die Gefahr islamistischer Anschläge ist in den vergangenen

Jahren in Europa gestiegen. Diese Anschläge werden in der Regel von Einzelpersonen oder kleinen Gruppen verübt, die schwer zu überwachen sind. Um islamistische Anschläge zu verhindern, geht der Staat mit folgenden Mitteln vor:

- Videoüberwachung
- Datenbanken mit Informationen zum Beispiel über bekannte Islamisten
- intensivere Zusammenarbeit der Sicherheitsbehörden
- Überwachung des Vereinslebens ausländischer Mitbürger
- vereinfachte Abschiebungen

Manche Politiker und Bürger fordern aber härtere Maßnahmen gegen islamistische Gefährder. Zwei Vorschläge hört man besonders oft:

- Fußfesseln: Ein GPS-Sender wird so am Bein des Verdächtigen befestigt, dass er ihn nicht einfach abnehmen kann. So kann er jederzeit geortet und bei Verdacht auf eine Straftat festgenommen werden.
- Präventivhaft: Wer als gefährlich gilt, kommt ins Gefängnis, auch wenn er noch kein Verbrechen verübt hat.

Beide Maßnahmen werden kritisiert, weil natürlich niemand, der sich noch nicht strafbar gemacht hat, in seiner Freiheit eingeschränkt werden darf. Außerdem können repressive Maßnahmen auch dazu führen, dass der Betroffene den Menschen, von denen er sich unterdrückt fühlt, erst recht schaden will. Dazu kommt das Problem der Radikalisierung in den Gefängnissen. Manche Bundesländer testen gerade verschiedene Möglichkeiten, um dagegen vorzugehen. In Hessen werden sogenannte Beobachter in Gefängnissen eingesetzt, die Informationen über verdächtiges Verhalten und radikale Gespräche sammeln. In Nordrhein-Westfalen sollen in den Gefängnissen Fingerabdrücke der Gefangenen mit der Polizei und dem Verfassungsschutz geteilt werden, um festzustellen, ob ein Gefangener schon einmal mit einer islamistischen Tat aufgefallen ist oder – wie der Attentäter auf dem Berliner Weihnachtsmarkt – mehrere Identitäten hat. Andere Bundesländer arbeiten mit dem »Violence Prevention Network« (Netzwerk der Gewaltprävention) zusammen. Die Mitarbeiter des VPN organisieren Anti-Gewalttrainings und klären über Extremismus auf. Außerdem setzen viele Bundesländer immer mehr muslimische Seelsorger in Gefängnissen ein, die mit inhaftierten Muslimen über ihren Glauben reden und über radikale Ansichten aufklären können.

Doch viele dieser Sicherheitsmaßnahmen bedeuten, dass auch völlig unschuldige Menschen stärker überwacht werden. Wenn mit Gesichtserkennung an Bahnhöfen gegen mögliche Terroristen vorgegangen werden soll, wird natürlich auch jeder andere Reisende gefilmt und sein Gesicht mit den Informationen in einer Datenbank abgeglichen. Wenn die E-Mails und Chats möglicher Terroristen überwacht werden sollen, werden natürlich auch die E-Mails und Chats unschuldiger Personen gespeichert.[7]

Aus genau diesem Grund ist besonders die Vorratsdatenspeicherung umstritten. Sie betrifft jeden Menschen in Deutschland, egal ob er oder sie politisch aktiv, in einer extremistischen Organisation oder völlig unparteiisch ist. Dabei werden die Kommunikationsdaten von allen Bürgern gespeichert, also wann jemand mit wem von welcher Nummer aus telefoniert hat. Mit diesen Daten kann der Verfassungsschutz ein sehr genaues Profil einer Person anlegen, ohne dass er den Inhalt der Gespräche, der nicht gespeichert wird, kennen muss. Dabei kann es aber passieren, dass auch Menschen verdächtigt werden, die nur zufällig und ohne kriminelle Absichten mit Extremisten in Kontakt stehen, wie Eltern, Freunde, Kollegen oder Kunden. Der Europäische Gerichtshof hat die Vorratsdatenspeicherung verboten, in Deutschland müssen die Daten nun nach zehn Wochen gelöscht werden.

Aufklärung und Bildung

All diese Maßnahmen bringen nichts, wenn irgendwann die Mehrheit der Bürger gegen einen demokratischen Verfassungsstaat sein sollte. Denn dann gäbe es für die Regierung kaum einen Grund, sich an die freiheitlich-demokratische Grundordnung und das Grundgesetz zu halten. Der beste Schutz für eine Demokratie ist also, wenn die Mehrheit der Bürgerinnen und Bürger sie auch will. Deswegen versuchen die Bundesregierung und verschiedene Organisationen wie die »Bundeszentrale für politische Bildung« (bpb), das »Bündnis für Demokratie und Toleranz – gegen Extremismus und Gewalt« oder die europäische Jugendinitiative »Schule ohne Rassismus – Schule mit Courage«, alle Menschen in Deutschland mit Veranstaltungen, Schriften und Aktionen darüber aufzuklären, warum die Demokratie so wichtig ist und wie der Extremismus einer freien Gesellschaft schadet.

Aufklärung ist gerade auch dann wichtig, wenn jemand schon Mitglied einer extremistischen Gruppe ist. Denn Überwachung und Strafen verändern meist nicht die Einstellung des Betroffenen. Deswegen gibt es Organisationen, die gezielt in Schulen gehen und über Extremismus, vor allem über Rechtsextremismus und Islamismus, aufklären. Gefragt sind sie vor allem dann, wenn junge Menschen ihre Mitschüler als Ungläubige beschimpfen, Selbstmordattentäter als Helden feiern, andere Jungen und Mädchen zu einem Bekenntnis zum Islam drängen oder wenn Hakenkreuze an Toilettenwände geschmiert und ausländische Schüler bedroht werden. Oft engagieren sich Aussteiger in diesen Vereinen und sprechen mit Schülern über ihre eigenen Erlebnisse und ihren Weg zurück in die Gesellschaft.

Andere Organisationen wie jugendschutz.net durchsuchen das Internet nach Videos, Fotos und Posts, die den radikalen Islam oder andere extremistische Strömungen verherrlichen, fordern Seitenbetreiber und Hostprovider auf, unangemessene Beiträge zu löschen, und klären über jugendgefährdende Inhalte im Netz auf.[8]

Junge Flüchtlinge und Migranten sind besonders gefährdet, extremistische Einstellungen anzunehmen, denn Menschen, die aus Kriegsgebieten kommen, die Flucht und Gewalt überlebt haben, sind oft traumatisiert. Und wenn schon junge Deutsche mit Liebeskummer oder Zukunftsängsten für extremistische Gruppen anfällig sind, wie viel leichter können sich dann erst Menschen, die gar keine Zukunftsperspektive haben, von den einfachen Antworten der Islamisten angezogen fühlen. Deshalb ist es wichtig, dass die Betreuer und Ehrenamtlichen in Flüchtlingsheimen den jungen Migranten helfen, möglichst bald Deutsch zu lernen, weil sie sich nur dann ein neues Leben in Deutschland aufbauen können, wenn sie bleiben dürfen. Ebenso wichtig ist es, genau hinzuschauen, wer sich für die Flüchtlinge engagiert, um rechtzeitig einschreiten zu können, wenn islamistische Gruppen versuchen, zu Flüchtlingen Kontakt aufzunehmen.

Wie kannst du helfen?

Je länger jemand einer extremistischen Gruppierung angehört und deren Gedanken und Taten befürwortet, desto schwerer ist der Ausstieg. Denn je länger jemand vom Rest der Gesellschaft isoliert war, desto weniger wird er auf andere hören, selbst wenn sie ihm helfen wollen.

Berater, Sozialarbeiter und Psychologen erreichen am leichtesten die Betroffenen, die im Gefängnis sitzen. Dann allerdings ist schon viel passiert. Um Betroffene zu erreichen, ehe sie eine Straftat begehen, sind Beratungsstellen auf die Mithilfe von Familie und Freunden angewiesen, die sich an sie wenden sollten, wenn sie glauben, dass sich eine Freundin oder ein Familienangehöriger radikalisiert hat.

Es ist oft schwer, den Betroffenen von einem offeneren Weltbild zu überzeugen, wenn sich extremistische Gedanken erst einmal verfestigt haben. Wer seit Langem der Überzeugung ist, Ausländer sollten in Deutschland nicht arbeiten und am besten gar nicht leben dürfen, wer Ungläubige für wertlose Menschen hält oder denkt, der deutsche Staat müsste mit Waffengewalt zerschlagen werden, der wird sich nicht so einfach auf eine andere Weltsicht einlassen. Denn Überzeugungen, eine politische oder religiöse Einstellung, sind Teil der eigenen Identität. Wenn diese Überzeugungen angezweifelt werden, fühlt sich der Betroffene oft selbst infrage gestellt. Deswegen ist es besser, erst einmal ins Gespräch zu kommen und zu versuchen, seine eigene Sichtweise zu erklären und dem Gegenüber einen anderen Blick auf die Welt zu eröffnen: Dass wir ebenfalls in ein anderes Land fliehen würden, wenn in Deutschland Krieg herrschte. Dass jeder Mensch seinen Lebenswandel selber mit Gott ausmachen muss und es niemandem zusteht, über den Glauben oder Nicht-Glauben anderer Menschen zu urteilen. Dass jeder Rechtsstaat, auch der deutsche, zwar unzulänglich ist, aber man besser versuchen sollte, diese Unzulänglichkeiten zu beheben, als das ganze System zu zerstören.

Solche Gespräche können zu Beginn einer Radikalisierung möglicherweise noch ein Umdenken bewirken. Aber wenn

Menschen einer Ideologie bereits tief verhaftet sind, lässt sich mit ihnen meistens nicht mehr diskutieren. Entweder weil sie an einem Meinungsaustausch kein Interesse mehr haben, oder auch weil sie in ihrem Themenbereich über so viel Detailwissen verfügen, das als Beleg für ihre Thesen herhalten muss, dass man mit Argumenten nur schwer dagegen ankommt. Eine Ideologie lebt auch davon, dass sie schwer zu widerlegen ist. Doch meist steckt hinter einer Radikalisierung ja nicht nur ein bestimmtes politisches oder religiöses Denken, sondern auch der Wunsch nach Orientierung und Gemeinschaft. Wer der Radikalisierung eines Freundes oder Familienmitglieds vorbeugen oder sie zumindest aufhalten will, muss sich also auch mit diesem Wunsch auseinandersetzen. Das ist allein kaum zu schaffen. Dann sind Beratungsstellen die beste Anlaufstelle für Angehörige.

Mit den Beratern können die nächsten Schritte besprochen werden. In ganz dringenden Fällen muss vielleicht sogar die Polizei eingeschaltet werden, etwa wenn der Betroffene möglicherweise eine Straftat plant oder in ein Kriegsgebiet ausreisen will. Ansonsten gibt die Beratungsstelle Tipps, wie Angehörige mit der Radikalisierung ihres Kindes, Freundes oder Partners umgehen und sie oder ihn wieder in die Familie oder den Freundeskreis zurückholen können. Die Beratung dauert, solange es nötig ist, und ist kostenlos. Beratungsstellen vermitteln auch an andere professionelle Helfer, wie etwa Therapeuten oder Suchtberatungen. Für einen Ausstieg ist Geduld nötig. Durchschnittlich etwa zwei Jahre dauert es, jemanden aus einer extremistischen Szene herauszuholen. Dafür ist der Weg meist erfolgreich, denn die Mehrheit jener Extremisten, die direkt angesprochen und durch Beratungsstellen und Sozialarbeiter betreut werden, finden heraus aus ihrer Ideologie.

Wenn Angehörige radikalisierter Menschen rasch Hilfe suchen, Lehrer ansprechen oder sich an eine Hilfsorganisation wenden, können sie vielleicht verhindern, dass eine junge Frau in den Krieg nach Syrien reist oder ein junger Mann Ausländer zusammenschlägt.

Auch für die Angehörigen selbst ist der Kontakt zu einer Beratungsstelle wichtig. Häufig leiden Eltern, Geschwister und Freunde von Extremisten sehr darunter, dass ein geliebter Mensch radikale Ansichten vertritt, voller Hass über Ausländer, den deutschen Staat oder andere Gruppen spricht und vielleicht sogar straffällig wird. Sie schämen sich mitunter für seine extremistischen Ansichten oder haben gar Angst vor ihm und seinen neuen Freunden. Deswegen brauchen oft auch die Angehörigen von Extremisten Hilfe. Für Eltern von Rechtsextremisten und Islamisten gibt es an manchen Orten Selbsthilfegruppen, in denen sie mit anderen betroffenen Eltern reden können. Den Kontakt können Beratungsstellen vermitteln.

Beratungsstellen

Aussteigerprogramm für Rechtsextremisten des Bundesamts für Verfassungsschutz: 0221/79262 und aussteiger@bfv.bund.de

Aussteigerprogramm für Linksextremisten des Bundesamts für Verfassungsschutz: 0221/7926600 und aussteiger@bfv.bund.de

Beratungsstelle Radikalisierung: 0911/9434343 und beratung@bamf.bund.de

Die Mitarbeiter von Beratungsstellen sind keine Polizisten. Sie zeigen Hilfesuchende nicht an. Es braucht also niemand Angst zu haben, bei einer Beratungsstelle Hilfe zu suchen. Nur wenn wirklich eine akute Gefahr von jemandem ausgeht, müssen Beratungsstellen die Sicherheitsbehörden informieren.

Und was tun, wenn am Nachbartisch in der Kneipe ein paar Typen gegen Ausländer hetzen? Wenn Vermummte Scheiben von Geschäften einschlagen oder einen Mann in Soldatenuniform zusammenschlagen, nur weil sie ihn wegen seiner kurzen Haaren für einen Neonazi halten? Die Antwort ist einfach: Nichts anderes als bei jeder anderen Straftat auch – die Polizei informieren. Das geht auch anonym.

Bei extremistischen Texten, Videos und Bildern auf Facebook, Instagram oder anderen Seiten im Netz sollte man ganz ähnlich vorgehen: den Inhalt anzeigen. Auf sozialen Netzwerken gibt es dafür normalerweise neben jedem Post die Möglichkeit, ihn zu melden, wenn man den Inhalt bedenklich, beleidigend oder hetzerisch findet. Genauso können ganze Webseiten mit eindeutig oder möglicherweise extremistischem Inhalt angezeigt werden unter www.netzverweis.de/meldestelle oder auf www.internet-beschwerdestelle.de.

Und natürlich kann man sich mit anderen zusammentun und gemeinsam Demos, Konzerte, Flashmobs, Poetry Slams oder alle möglichen anderen Veranstaltungen und Konzerte planen. Aber möglichst nicht *gegen* Nazi-Hooligans, frauenfeindliche Islamisten oder linke Autoanzünder – denn mit Aktionen *gegen* jemanden fühlt sich derjenige nur in seinem Schwarz-Weiß-Denken und seiner Ablehnung der Gesellschaft bestärkt. Besser sind Aktionen *für* etwas und jemanden. Also für mehr Toleranz, für eine menschenwürdige Behandlung von Flüchtlingen, für Frieden und mehr Verständnis untereinander.

DENKANSTOSS

Die meisten Männer, die in Europa Anschläge verübt haben, waren der Polizei schon vorher bekannt. Trotzdem wurden sie nicht rechtzeitig aufgehalten. Aber ob das mit einer Ausweitung der Überwachungsmethoden anders gewesen wäre, ist nicht sicher. Schließlich gibt es schon viele Möglichkeiten, gefährliche Extremisten zu überwachen und extremistische Straftaten zu verhindern. Diese Möglichkeiten würden nur nicht ausgeschöpft, bemängeln manche. Aber auch das Konzept der wehrhaften Demokratie wird kritisiert, denn nach diesem Konzept wird gegen Menschen und Gruppen vorgegangen, die gegen den demokratischen Verfassungsstaat sind, selbst wenn sie sich noch nicht strafbar gemacht haben. Dabei entsteht ein Dilemma, das typisch ist für moderne Demokratien: Ein demokratischer Verfassungsstaat darf nicht zu aggressiv gegen Extremisten vorgehen, sonst begrenzt er die Freiheit aller Bürger. Geht der Staat aber nicht rigoros genug gegen Extremisten vor, zerstören sie möglicherweise die Freiheit aller. Die Frage, die sich unsere Gesellschaft also immer wieder stellen muss, ist die: Wie viel Freiheit wollen wir gegen das Gefühl der Sicherheit eintauschen?

KAPITEL SIEBEN

Abschlussgedanke

Extremisten kämpfen gegen einen demokratischen Verfassungsstaat und damit gegen das Leben, wie wir es in den westlichen Ländern kennen. All die Freiheiten, die in den vergangenen Jahrhunderten teilweise schwer erkämpft wurden, all die Möglichkeiten, die wir jeden Tag haben, um uns persönlich, beruflich, gesellschaftlich weiterzuentwickeln, wollen sie durch eine gänzlich andere Gesellschaftsordnung ersetzen.

Davor kann man Angst haben und Extremisten bekämpfen. Man kann aber auch zuhören. Denn manche Forderungen, die Extremisten stellen, sind vielleicht gar nicht so schlecht. Im Gegenteil – manche radikale (nicht extremistische) Forderungen haben die moderne Gesellschaft im Laufe ihrer Geschichte erst zu dem gemacht, was sie ist. Es gab eine Zeit, da war es eine radikale Vorstellung, dass Frauen wählen gehen oder Eltern ihre Kinder nicht schlagen dürfen. Damals haben sich Menschen gesellschaftlich und politisch unbeliebt gemacht, weil sie infrage stellten, was im 19. und Anfang des 20. Jahrhunderts in westlichen Gesellschaften selbstverständlich war. Heute können wir dankbar sein für ihren Mut.

Extremismus hat noch einen weiteren Nutzen: Extremistische Einstellungen sind das Fieberthermometer der Gesellschaft. Sie zeigen, wo die Gesellschaft krankt, wo es Probleme gibt – ohne dass man damit die Gewaltbereitschaft und den Willen, den Verfassungsstaat zu zerstören, gutheißt. Wenn Parteien mit der Angst vor Flüchtlingen Stimmen gewinnen, zeigt das die Zweifel der Bürger an der bisherigen Politik. Wenn sich Linksautonome beim G20-Gipfel Straßenschlachten mit der Polizei liefern und dafür von weiten Teilen der Bevölkerung Zustimmung erhalten, macht das deutlich, wie weit sich die Politik der großen Industriestaaten von den Bedürfnissen der Bevölkerung gelöst hat. Wenn Hunderte junger Menschen aus Deutschland in ein Kriegsgebiet reisen, um dort zu kämpfen, wird klar, dass ein Teil der nachwachsenden Generation bei allen Freiheiten und Möglichkeiten in Deutschland keinen Halt mehr findet. Die Bereiche, in denen sich Extremismus ausbreitet, zeigen also, wo Politik und Gesellschaft genauer hinschauen und handeln sollten. Das heißt natürlich nicht, das alle Parteien nun auf die Forderungen von Extremisten eingehen sollten, aber durchaus, dass sie die so aufgezeigten Probleme ernst nehmen müssen. Eine Gesellschaft wird nie allen ihren Mitgliedern gerecht werden können. Es wird immer Menschen am Rande des politischen Spektrums geben. Doch es ist die Aufgabe einer demokratischen Gesellschaft, möglichst alle ihre Mitglieder zu integrieren. Wer Extremisten ausgrenzt und nicht wenigstens versucht, ihnen zuzuhören, und sich mit ihren Vorurteilen und Vorwürfen auseinanderzusetzen, gibt ihnen nur recht. Und nimmt der Gesellschaft die Gelegenheit, sich weiterzuentwickeln. Extremistische Gruppen werden in einem demokratischen Verfassungsstaat zwar bekämpft. Sie treiben aber auch Veränderungen voran. Sei es, dass sie radikale Forderungen durchsetzen, die der Gesellschaft als Ganzes guttun, oder dass wegen ihnen Veränderungen angestoßen werden, die extremistische Einstellungen noch wirksamer eindämmen sollen.

Eine Demokratie muss sich immer wieder verändern und sich an die Bedürfnisse jeder neuen Generation anpassen. Nur wenn sie wandelbar bleibt, dabei aber gleichzeitig ihre innersten Werte wehrhaft verteidigt, wird weiterhin die Mehrheit aller Menschen in Deutschland hinter der Idee eines demokratischen Verfassungsstaats stehen.

Quellen

Kapitel eins

1 http://www.bpb.de/nachschlagen/lexika/pocket-politik/16391/demokratie

2 https://www.verfassungsschutz.de/de/service/glossar/_lF#freiheitliche-demokratische-grundordnung

3 Ebenso wie der Begriff »Holocaust« bezeichnet der Begriff »Schoah« die systematische Ermordung von Juden durch die Nationalsozialisten. »Holocaust« bedeutet »Brandopfer«, »Schoah« dagegen heißt so viel wie »Katastrophe« oder »Unheil«. Der Begriff »Schoah« beschreibt das Ausmaß der nationalsozialistischen Gräueltaten besser als das gängigere »Holocaust« und wird vor allem von religiösen Juden bevorzugt. Daher verwenden wir den Begriff »Schoah« auch in diesem Buch.

4 http://www.bpb.de/nachschlagen/lexika/pocket-politik/16548/rechtsstaat

5 http://www.bpb.de/nachschlagen/lexika/pocket-politik/16436/grund-und-menschenrechte

6 http://www.bpb.de/nachschlagen/lexika/pocket-politik/16561/sozialstaat

7 https://www.bundesregierung.de/Content/DE/StatischeSeiten/Breg/informationen-ueber-das-grundgesetz.html

Kapitel zwei

1 http://www.bpb.de/nachschlagen/lexika/pocket-politik/16547/rechts-links-schema und http://www.politik-lexikon.at/links-rechts/

2 Dirk Witt: *Extremismus – Gegen Demokratie: Geschichtliche und politische Entwicklungen*, Kohl Verlag 2015, S. 13

3 Astrid Bötticher, Miroslav Mareš: *Extremismus*, Oldenbourg Verlag 2012, S. 54
4 http://www.bento.de/politik/terrorismus-gefaehrder-deradikalisieren-so-arbeitet-das-violence-prevention-network-1473452/
5 Bötticher, Mareš: S. 236
6 http://www.tagesspiegel.de/weltspiegel/clausnitz-in-sachsen-mob-blockiert-bus-mit-fluechtlingen-zweites-video-zeigt-verhalten-der-polizei/12988306.html
7 http://www.spiegel.de/panorama/justiz/multimedialer-ueberblick-die-geschichte-des-nsu-a-892682.html
8 http://www.bpb.de/geschichte/deutsche-geschichte/geschichte-der-raf/49319/die-namen-der-toten
9 https://www.stern.de/politik/deutschland/raf-terror--deutscher-herbst---eine-chronologie-7607590.html
10 Witt: S. 13
11 Bötticher, Mareš: S. 318
12 Bötticher, Mareš, S. 261
13 http://www.spiegel.de/politik/deutschland/scharia-polizei-in-wuppertal-salafisten-als-sharia-police-in-nrw-a-990152.html
14 Sie wurden zwar angeklagt, weil sie möglicherweise unerlaubt Uniformen getragen hatten. Das Landgericht Wuppertal sprach sie aber 2016 frei, die Warnwesten mit der Aufschrift »Shariah-Police« galten doch nicht als Uniform. Im Januar 2018 hob der Bundesgerichtshof die Freisprüche allerdings wieder auf. Das Landgericht muss nun erneut entscheiden, ob die Islamisten mit ihren Westen junge Muslime eingeschüchtert haben könnten.
15 http://www.spiegel.de/spiegel/print/d-7851101.html
16 http://meedia.de/2014/08/12/nazis-im-netz-rechtsextreme-erreichen-jugendliche-verstaerkt-ueber-facebook-co/
17 https://www.verfassungsschutz.de/de/aktuelles/meldungen/me-20161115-verbot-dwr-lies
18 Steffen Kailitz: *Politischer Extremismus in der Bundesrepublik Deutschland. Eine Einführung*, VS Verlag für Sozialwissenschaften 2004 S. 196f
19 Kailitz: S. 202
20 Witt: S. 34

21 http://www.n-tv.de/politik/Wie-werden-unsere-Kinder-zu-Islamisten-article19020961.html
22 http://www.taz.de/!5429149/
23 http://www.zeit.de/gesellschaft/2017-01/radikalisierung-islamismus-deutsche-gefaengnisse-praevention-terrorismus/komplettansicht
24 http://www.zeit.de/2016/22/islamismus-salafismus-islamischer-staat-jugendliche-schutz/komplettansicht
25 http://www.taz.de/%215255114/

Kapitel drei

1 http://www.bpb.de/175902/wege-zur-modernen-demokratie?p=all
2 http://www.kas.de/wf/doc/kas_40958-544-1-30.pdf?160119182342
3 http://www.taz.de/!5092765/
4 Eckhard Jesse: *Parteiförmiger Extremismus in Deutschland* In: Stefan Schieren: *Populismus, Extremismus, Terrorismus*, wochenschau verlag 2014 S. 39f
5 http://www.bpb.de/politik/extremismus/rechtsextremismus/41907/geschichte-des-rechtsextremismus
6 http://www.bpb.de/nachschlagen/lexika/pocket-politik/16470/kpd
7 Witt: S. 24
8 Jesse: S. 42
9 http://www.handelsblatt.com/politik/deutschland/enteignungen-in-der-ddr-bodenreform-frage-endgueltig-entschieden-seite-2/2488978-2.html
10 http://www.bpb.de/geschichte/zeitgeschichte/deutschlandarchiv/138885/berichte-politischer-haeftlinge
11 http://www.bpb.de/apuz/30849/wandel-und-beharrung-sed-und-pds?p=all
12 Jesse: S. 46

Kapitel vier

1 http://www.deutschlandfunk.de/ich-war-ein-neo-nazi.724.de.html?dram:article_id=97348
2 https://de.wikipedia.org/wiki/Das_Lied_der_Deutschen
3 https://www.mut-gegen-rechte-gewalt.de/exit/unterwegs-mit-matthias-adrian

4 http://www.bpb.de/politik/extremismus/rechtsextremismus/41930/interview-aussteiger-adrian?p=all
5 http://www.bpb.de/politik/extremismus/rechtsextremismus/198945/was-ist-rechtsextreme-einstellung-und-woraus-besteht-sie
6 Kailitz: S. 23
7 http://www.bpb.de/politik/extremismus/rechtsextremismus/41889/rechtsextremismus
8 http://www.spiegel.de/panorama/gesellschaft/rechtsextremismus-studie-die-enthemmte-mitte-a-1097321.html
9 https://www.verfassungsschutz.de/de/arbeitsfelder/af-rechts extremismus/zahlen-und-fakten-rechtsextremismus/neonazi-szene-2016
10 http://www.bpb.de/gesellschaft/kultur/jugendkulturen-indeutsch land/36228/skinhead-a-way-of-life
11 Ständig aktualisierte Informationen zum Prozess gibt es auf http://www.spiegel.de/thema/nsu_prozess/ und http://blog.zeit.de/nsu-prozess-blog/
12 http://www.bpb.de/politik/extremismus/rechtsextremismus/41866/moderne-nazis-die-npd?p=all
13 https://www.afd.de/wp-content/uploads/sites/111/2017/01/2016-06-27_afd-grundsatzprogramm_web-version.pdf
14 http://www.belltower.news/artikel/wie-rechtsextrem-ist-die-afd-12583
15 http://www.bpb.de/politik/extremismus/rechtsextremismus/166355/infografik-autonome-nationalisten
16 http://www.bpb.de/politik/extremismus/rechtsextremismus/165545/turnschuhe-statt-springerstiefel
17 http://www.bpb.de/politik/extremismus/rechtsextremismus/241438/die-identitaeren-mehr-als-nur-ein-internet-phaenomen
18 https://www.verfassungsschutz.de/de/arbeitsfelder/af-auslaender extremismus-ohne-islamismus/was-ist-auslaenderextremismus/nationalistische-tuerken
19 http://www.bpb.de/politik/extremismus/rechtsextremismus/229984/-nicht-bloss-harmlose-pfadfinder-voelkische-jugend buende
20 http://www.zeit.de/politik/deutschland/2016-02/rassismus-gewalt-notunterkuenfte-gefluechtete-rechter-terror/komplett ansicht

21 http://www.zeit.de/politik/deutschland/2017-05/bundeswehr-franco-a-rechtsextremismus-uwe-mundlos-faq
22 http://www.spiegel.de/politik/deutschland/bundeswehr-soldat-wegen-terrorverdacht-festgenommen-a-1145085.html
23 https://www.welt.de/politik/deutschland/article164193275/Die-voelkisch-rassistische-Masterarbeit-des-Franco-A.html
24 http://www.spiegel.de/politik/deutschland/bundeswehr-391-rechtsextreme-verdachtsfaelle-bei-der-bundeswehr-a-1170479.html
25 Das steht im Strafgesetzbuch in den Paragraphen 130, 189 und 194
26 http://www.zeit.de/gesellschaft/zeitgeschehen/2017-08/rostock-lichtenhagen-krawalle-vietnam-rechtsextremismus/komplettansicht
27 Die meisten Verfahren wurden wieder eingestellt, nur 44 junge Männer wurden wegen Landfriedensbruchs und Brandstiftung zu großteils Geld- und Bewährungsstrafen verurteilt.
28 http://www.zeit.de/politik/deutschland/2016-02/rassismus-gewalt-notunterkuenfte-gefluechtete-rechter-terror/komplettansicht
29 https://www.verfassungsschutz.de/de/arbeitsfelder/af-rechtsextremismus/zahlen-und-fakten-rechtsextremismus/rechtsextremistische-straf-und-gewalttaten-2016
30 http://www.faz.net/aktuell/politik/inland/rechtsextremismus/hans-vorlaender-zu-fremdenfeindlichkeit-in-sachsen-14084911.html
31 www.deutschlandfunk.de/extremismus-in-sachsen-anti-demokratisch-und-anti-staatlich.1310.de.html?dram:article_id=370695
32 http://www.zeit.de/politik/ausland/2017-02/marine-le-pen-front-national-frankreich-emmanuel-macron-praesidentschaftswahl
33 http://www.spiegel.de/politik/ausland/oesterreich-wahl-rechts-gewinnt-a-1173011.html
34 Beispiel aus http://www.mkoe.at/sites/default/files/files/aktuelles/MKOE-A5-Broschuere-Die-FPOE-und-der-Rechtsextremismus.pdf
35 Florian Hartleb: *Die Wandlungsfähigkeit von und die Herausforderung durch Populismus, Extremismus und Terrorismus in Europa* In: Schieren: S. 9
36 https://de.wikipedia.org/wiki/Rechtsextremismus#Italien

37 http://www.bpb.de/politik/extremismus/rechtspopulismus/242635/europakarte

38 http://www.deutschlandfunk.de/geert-wilders-pvv-partei-zehn-jahre-angst-undhass.795.de.html?dram:article_id=346529

39 http://www.handelsblatt.com/politik/international/niederlande-wahl/niederlande-und-die-eu-die-gefahren-sind-noch-nicht-gebannt/19526834.html

40 http://www.bpb.de/politik/extremismus/rechtsextremismus/234664/neonazis-in-russland

41 http://www.bpb.de/politik/extremismus/rechtsextremismus/253409/rechtsextreme-us-szene

42 http://www.businessinsider.com/far-right-hate-groups-and-radical-islamists-kill-americans-2017-4?amp=&IR=T

43 https://www.washingtonpost.com/news/post-nation/wp/2017/01/10/i-still-feel-like-i-had-to-do-it-dylann-roof-tells-jury-deliberating-his-fate-in-church-slayings/?tid=sm_tw&utm_term=.1a21d5cb13e9

44 http://www.sueddeutsche.de/politik/ausschreitungen-in-charlottesville-was-in-charlottesville-passiert-ist-1.3627267

45 http://www.bpb.de/politik/extremismus/rechtsextremismus/253409/rechtsextreme-us-szene

46 http://www.schule-ohne-rassismus.org/startseite/

47 http://www.keinbockaufnazis.de/

48 http://www.gesichtzeigen.de/

49 http://www.fussballvereine-gegen-rechts.de/

50 https://www.mut-gegen-rechte-gewalt.de/exit/unterwegs-mit-matthias-adrian

51 http://www.exit-deutschland.de/exit/?c=ueber-uns

52 Seine Erlebnisse auf den Demos rund um den G20-Gipfel erzählt Alex ein paar Wochen später, anonym per E-Mail und Telefon. Alex traut Menschen außerhalb der Szene nicht. Er möchte nicht erkannt werden, deswegen wurde sein Name in diesem Buch geändert.

53 http://www.spiegel.de/video/welcome-to-hell-eskalation-der-g20demo-im-video-video-1780644.html

54 Immer wieder werden deswegen möglichst kreative und gewaltfreie Demonstrationen gegen Nazis organisiert, denen die Polizei wenig

entgegensetzen kann. Ideen gibt es unter http://www.belltower.news/artikel/wie-organisiere-ich-kreative-demonstrationen-4917
55 Kailitz: S. 22
56 Witt: S. 23
57 http://www.hamburg.de/innenbehoerde/linksextremismus/231324/autonome-anarchisten-antiimperialisten/
58 Kailitz: S. 121
59 Witt: S. 24
60 Kailitz: S. 125f
61 http://www.bpb.de/politik/extremismus/linksextremismus/33632/autonome
62 Kailitz: S. 89
63 Bötticher, Mareš: S. 375
64 Witt: S. 24
65 Bötticher, Mareš: S. 382
66 https://www.verfassungsschutz.de/de/arbeitsfelder/af-auslaender extremismus-ohne-islamismus/was-ist-auslaenderextremismus/arbeiterpartei-kurdistans-pkk
67 http://www.verfassungsschutz-bw.de/,Lde/Startseite/Arbeits felder/MLKP
68 Kailitz: S. 65f
69 Bötticher, Mareš: S. 364
70 https://www.verfassungsschutz.de/de/arbeitsfelder/af-links extremismus/zahlen-und-fakten-linksextremismus/gewaltbereite-linksextremisten-2016
71 http://www.sueddeutsche.de/politik/konflikt-mit-den-usaso-weit-fliegen-nordkoreas-raketen-1.3517110
72 http://www.wired.co.uk/article/chinese-government-social-credit-score-privacy-invasion
73 http://www.bpb.de/politik/extremismus/linksextremismus/188314/linksextremismus-in-deutschland-im-europaeischen-vergleich
74 http://www.spiegel.de/wissenschaft/mensch/zufriedenheits studie-so-gluecklich-sind-die-europaeer-a-591421.html
75 http://www.tagesspiegel.de/kultur/spaniens-eta-eine-kurze-geschichte-der-angst/3708896.html
76 Bötticher, Mareš: S. 374

Kapitel fünf

1 http://www.bpb.de/politik/extremismus/islamismus/36339/islamismus-was-ist-das-ueberhaupt
2 Damals steuerten Attentäter zwei Flugzeuge in das World Trade Center in New York, ein drittes in das Verteidigungsministerium, ein weiteres zerschellte auf freiem Feld.
3 http://www.faz.net/aktuell/politik/der-koran-eine-toetungs lizenz-13359933.html
4 https://www.verfassungsschutz.de/de/arbeitsfelder/af-islamismus-und-islamistischer-terrorismus/zahlen-und-fakten-islamismus/zuf-is-reisebewegungen-in-richtung-syrien-irak
5 http://www.spiegel.de/politik/ausland/islamischer-staat-die-dschihad-braut-aus-pulsnitz-a-1159114.html
6 https://de.statista.com/statistik/daten/studie/494185/umfrage/religioeser-terror-in-der-eu/
7 https://www.europol.europa.eu/newsroom/news/2017-eu-terrorism-report-142-failed-foiled-and-completed-attacks-1002-arrests-and-142-victims-died
8 Damals fuhr ein Tunesier mit einem gestohlenen Lkw in eine Menschenmenge und tötete zwölf Personen.
9 http://www.spiegel.de/politik/deutschland/ahmed-a-messer stecher-von-hamburgbarmbek-angeklagt-a-1177347.html
10 https://www.verfassungsschutz.de/de/arbeitsfelder/af-islamismus-und-islamistischer-terrorismus/zahlen-und-fakten-islamismus/zuf-is-2015-islamistisches-personenpotenzial
11 http://www.sueddeutsche.de/muenchen/muenchen-die-erfolgs quote-bei-salafisten-ist-hoeher-dafuer-sind-aber-auch-die-gefahren-groesser-1.3478334#redirectedFromLandingpage
12 http://www.verfassungsschutz.brandenburg.de/cms/detail.php/lbm1.c.336523.de
13 http://www.tagesspiegel.de/politik/krieg-gegen-den-is-das-kalifat-scheint-am-ende/20467226.html
14 http://www.bpb.de/politik/extremismus/islamismus/36374/al-qaida?p=all
15 http://www.bpb.de/politik/extremismus/islamismus/36377/taliban?p=all
16 https://www.tagesschau.de/ausland/hintergrund-hamas100.html
17 www.bpb.de/politik/hintergrund-aktuell/69869/hamas?p=all

18 http://www.bpb.de/politik/extremismus/islamismus/36369/hisbollah
19 http://www.bpb.de/politik/extremismus/islamismus/36345/salafiya-bewegung?p=all
20 http://www.zeit.de/politik/ausland/2017-09/gleichberechtigung-saudi-arabien-fahrverbot-frauen-aufgehoben-fuehrerschein
21 http://www.zeit.de/2017/31/is-anhaengerin-linda-w-pulsnitz-rueckkehr/komplettansicht
22 https://www.thetimes.co.uk/edition/world/take-me-home-pleads-linda-wenzel-german-isis-girl-captured-in-mosul-62n8wd3r9?CMP=Sprkr-_-Editorial-_-thetimes-_-News-_-Imageandlink-_-Statement-_-Unspecified-_-TWITTER&linkId=40156207
23 http://www.tagesschau.de/ausland/irak-dschihadistin-101.html
24 http://www.sueddeutsche.de/politik/fall-linda-w-vom-kinder zimmer-in-pulsnitz-nach-mossul-in-den-dschihad-1.3599976
25 https://www.aerzteblatt.de/nachrichten/72732/Psychische Erkrankungen-Fehltage-erreichen-Hoechststand
26 http://www.deutschlandfunkkultur.de/erklaerreihe-die-gottes fuerchtigen.1079.de.html?dram:article_id=281434
27 http://www.spiegel.de/politik/ausland/israel-juedischer terrorismus-schockiert-das-land-a-1046430.html
28 https://peacenow.org/entry.php?id=1077#.Wa5Rj8ZpwYs
29 http://www.spiegel.de/politik/ausland/israel-palaestinensisches-baby-stirbt-bei-brandanschlag-a-1046115.html
30 Bötticher, Mareš: S. 282
31 http://www.spiegel.de/panorama/gesellschaft/entlarvendeschrif ten-auch-deutsche-piusbrueder-hetzen-gegen-juden-a-606518.html
32 http://www.faz.net/aktuell/feuilleton/pius-bruderschaft-die-kreuz zuegler-12278839.html
33 Bötticher, Mareš: S. 284–286
34 http://www.nytimes.com/1994/11/04/us/jury-recommends-death-penalty-for-abortion-foe-convicted-2-killings-florida.html
35 Bötticher, Mareš: S. 281
36 http://www.tagesspiegel.de/politik/die-lords-resistancearmy-massaker-im-namen-des-herrn/1765412.html
37 http://www.dw.com/de/was-macht-die-jagd-auf-joseph-kony/a-18928690

38 http://www.bpb.de/apuz/31206/hindu-nationalismus-gefahrfuer-die-groesste-demokratie?p=all
39 Bötticher, Mareš: S. 288
40 http://www.fr.de/politik/extremismus-die-radikalhinduistische-offensive-a-317489
41 http://www.bpb.de/apuz/26668/der-hindu-nationalismus-und-die-politik-der-unverhandelbarkeit
42 Bötticher, Mareš: S. 289
43 https://www.evangelisch.de/inhalte/86115/09–07–2013/dieandere-seite-des-sanften-buddhismus
44 http://www.zeit.de/2013/21/myanmar-buddhisten-muslime/komplettansicht
45 Bötticher, Mareš: S. 289f
46 http://www.verfassungsschutz.sachsen.de/download/Indischer_Extremismus_2007.pdf
47 https://www.verfassungsschutz.de/de/arbeitsfelder/af-auslaender extremismus-ohne-islamismus/was-ist-auslaenderextremismus/asiatische-separatisten
48 Bötticher, Mareš: S. 292
49 http://www.scientology.de/what-is-scientology.html
50 http://www.verfassungsschutz.bayern.de/weitere_aufgaben/scientology/definition/index.html
51 http://www.jugendstiftung.de/fileadmin/Dateien/10.2016_Durchblick.pdf (S. 39)
52 https://www.abendblatt.de/hamburg/article211622237/Verfassungsschutz-warnt-vor-getarnter-Scientology-Aktion.html
53 http://www.jugendstiftung.de/fileadmin/Dateien/10.2016_Durchblick.pdf (ab S. 35)
54 http://www.verfassungsschutz-bw.de/site/lfv/get/documents/IV.Dachmandant/Datenquelle/stories/public_files/so/Broschuere_Scientology-Organisation_2008.pdf (S. 65)
55 Bötticher, Mareš: S. 279

Kapitel sechs

1 http://www.faz.net/aktuell/feuilleton/pop/mode-und-islamistischer-dressode-das-neue-schwarz-13293614.html
2 https://www.britannica.com/topic/war-on-terrorism

3 https://www.nytimes.com/2017/08/25/opinion/trump-afghanistan-war-on-terror.html
4 http://www.bpb.de/politik/extremismus/rechtsextremismus/170613/parteien-und-verbote-sieben-fragen-und-antworten
5 https://www.bka.de/DE/DasBKA/OrganisationAufbau/Fachabteilungen/PolizeilicherStaatsschutz/polizeilicherstaatsschutz_node.html
6 http://www.bnd.bund.de/DE/Auftrag/Aufgaben/aufgaben_node.html;jsessionid=070BC520E447F0792845FF79973100D0.2_cid377
7 http://www.bpb.de/politik/extremismus/rechtsextremismus/41891/streitbare-demokratie
8 http://www.jugendschutz.net/was-jugendschutznet-tut/

Letzter Abfruf aller Websites: 22. 01. 2018

Das Quellenverzeichnis ist auch online abrufbar unter https://www.carlsen.de/taschenbuch/carlsen-klartext-extremismus/90441